The Poisoned Chocolates Case
毒巧克力命案

Anthony Berkeley

[英]安东尼·伯克莱 著

周坤 译

图书在版编目(CIP)数据

毒巧克力命案 /(英)安东尼·伯克莱著；周坤译.
北京：北京联合出版公司, 2025. 6. -- (九读·这本小说真好看). -- ISBN 978-7-5596-8420-2

Ⅰ. I561.45

中国国家版本馆CIP数据核字第2025EY0287号

毒巧克力命案

作　　者：[英]安东尼·伯克莱
译　　者：周　坤
出 品 人：赵红仕
策划机构：九　读
责任编辑：周　杨
特约编辑：刘苑莹
装帧设计：凌　瑛

北京联合出版公司出版
(北京市西城区德外大街83号楼9层　100088)
北京联合天畅文化传播公司发行
上海盛通时代印刷有限公司印刷　新华书店经销
字数165千字　889毫米×1240毫米　1/32　8印张
2025年6月第1版　2025年6月第1次印刷
ISBN 978-7-5596-8420-2
定价：54.00元

版权所有，侵权必究
未经书面许可，不得以任何方式转载、复制、翻印本书部分或全部内容。
本书若有质量问题，请与本公司图书销售中心联系调换。
电话：13052578932

献给 S. H. J. 考克斯

因为这一次他没想到会献给他

第一章

坐在主席位的罗杰·谢林汉姆抿了一口面前的陈年白兰地，然后仰靠在椅子上。

房间里烟雾缭绕，此起彼伏的争论声从四面八方涌向他的耳朵，聊的净是些谋杀、投毒或者暴毙的事。这里是他一手创立的犯罪研究俱乐部，从一开始的创办、组织、召集，再到现在的运营，俱乐部的大小事务几乎全由他一人包揽。五个月前，这个俱乐部第一次集会的时候，他就被大伙儿一致推举为主席。那一刻，他踌躇满志，好不风光，一如多年前那个令人终生难忘的日子，那时的他仿佛得到了上天眷顾——他的第一本小说被出版商接收了。

在罗杰右手边坐着的是今晚的贵宾，来自苏格兰场的莫尔斯比总探长，他叼着一根巨大的雪茄默默抽着，显得有些拘谨。

罗杰转向他："恕我直言，莫尔斯比总探长，我并非对您的单位心存不敬，但我真的认为除了巴黎保安局，这世上再也找不到比这间屋子里的各位更出色的犯罪学天才了（我指的是生性敏锐的天才，并非那些苦学成才之辈）。"

"是吗，谢林汉姆先生？"莫尔斯比总探长随声应道，语气中并未显露丝毫不悦。莫尔斯比就是这样一个人，别人的观点再怪异离奇，他也总能淡然笑对。"嗯，嗯。"莫尔斯比一边应和着，一边又给自己长长的雪茄点了火。这雪茄实在太长了，长到就算正抽着也无法判断烟是否还燃着。

罗杰敢这么说并非全然出于"大家长式"的骄傲心理，他还是有几分底气的。犯罪研究俱乐部的盛宴不是谁想来就能来的。想要成为俱乐部的会员，光说自己喜欢研究谋杀案还远远不够，还得证明自己有能力配得上这份荣誉。

除了具备强大的组织能力，申请者还需要体现广泛的兴趣，对所有学科都要有所涉猎，比如侦探学，申请者必须像精通犯罪心理学一样，知晓侦探史上大大小小的所有案例，哪怕最不起眼的案件也要了然于胸。也就是说，申请者除了必须拥有智慧的大脑，还要具备灵活使用它的能力。申请的最后一环是，申请者必须向主席提交一篇论文，选题须从俱乐部成员拟定的范围中选取。主席会对论文先行筛选，然后将值得考虑的论文推举到秘密会议中讨论，由全体会员投票表决，只要有一票反对，申请者就会被拒之门外。

这个俱乐部原本计划招募十三名会员，至今只有六位成功通过考验，而这六位悉数出现在今晚的会议上了。他们分别是知名律师、享有盛名的剧作家、实力强劲但声名未显的小说家、当世最聪明（尽管不是很讨人喜欢）的侦探小说家、罗杰本人以及安布罗斯·区特威克先生。这最后一位可谓默默无闻，不仅身材矮小，性格看上去也是温暾木讷，没有丝毫特别之处。别说其他成员发现他置身其中时会惊讶，就连他自己得知被准许入会时也震惊不已。

可以说，除了区特威克先生，这样的天才组合足以让任何一位组织者引以为傲。今晚，罗杰不仅骄傲，还很兴奋，因为他正准备宣布一件令人震惊的消息。当然，这也符合他一贯的风格——语出惊人。他站起身来，众人见状，纷纷用酒杯和烟盒敲击桌面，欢呼着迎接他的讲话。

"女士们、先生们，"待众人安静下来，他喊道，"因为各位赋予的权力，俱乐部主席有权更改任何一场会议的内容。我想，你们早就知晓今晚的嘉宾了吧，那就是莫尔斯比总探长，苏格兰场的第一代表人物，让我们热烈欢迎总探长的莅临。"场上立即响起了敲击桌面的欢呼声，这次比上一回还要响亮。"希望今天的美酒佳肴能够将我们的总探长彻底俘获，最好能让总探长敞开心扉，给我们透露点媒体都捞不到的秘密！"此话一出，敲击桌面的声音越发响亮，众人欢呼躁动，久久未停。

罗杰顿了顿，端起酒杯，抿了一口，继续说道，"女士们、先生们，我想我对总探长已经了解很深了，因为我以前不止一次，而是每次都很努力地想要引诱我们的总探长'酒后失言'，可惜一次都没有成功过，所以这次我也不抱什么希望。我想，各位就算使尽浑身解数，除了知道些总探长都不介意刊登在明天《每日新报》上的内容，是挖不到什么更有趣的故事的。各位，不是我豪言，莫尔斯比总探长是不可能被攻破的。

"因此我决定行使俱乐部主席的权力，稍微更换一下今晚的娱乐活动。我希望并相信这个想法一定会让各位兴致大增。我敢说，这个活动一定既新颖又别致，令人欲罢不能。"罗杰停了片刻，笑着扫视了一圈，在场的每一位都兴致盎然，只有一旁酒酣耳热的莫尔斯比总探长依旧专注地抽着雪茄。

"我的想法，"罗杰说道，"与格雷厄姆·本迪克斯先生有关。"话音刚落，底下便一阵骚动。"或者更准确地说，"他慢条斯理地修正刚才的发言，"是与格雷厄姆·本迪克斯夫人有关。"此话一出，刚才的骚动立刻变成一片寂静，大家的兴致更浓了。

罗杰又停了下来，好像在仔细斟酌更合适的措辞："我们当中有一两位是认识本迪克斯先生的。事实上，在推选入会成员时，他的名字还出现过，如果我没记错的话，当时推举他的是查尔斯·怀尔德曼公爵。"

这位大律师优雅地点了点他硕大的脑袋，说："是的，我是推举过他，我记得。"

"但那次举荐没有后文了，"罗杰继续说道，"我不太记得是什么原因了，我想一定是当时有人确信他不能通过我们的所有测试吧。不过，他的名字出现在推选名单上是事实，从某种程度上讲，这足以说明本迪克斯先生至少是位犯罪学专家。这也意味着对于发生在他身上的悲剧，我们的同情多少要带点私人的关心，即便我们，比如我，与他素昧平生。"

"是的，是的。"一位女士随声应和，只见她身材高挑，容貌秀丽，端坐在桌子右侧。她总是会在合适的时机用她清亮的声音有力地应和演讲者："是的、是的。"好像生怕出现冷场。她就是小说家艾丽西亚·达默斯，主业之余还经营了几家女子会所。她很喜欢听人演讲，是一位十足的捧场王。别看她表面如此，实际上她是一位坚定的保守派人士，是社会主义理论的忠实拥护者。

"我的建议是，"罗杰不再卖关子，"我们要将这份同情转化为实际的用处。"

毋庸置疑，听众们早已兴致勃勃了。查尔斯·怀尔德曼公爵扬了扬他那浓密的灰白色眉毛，平时在法庭上，他就总喜欢皱起眉头，一边晃动他那副金边眼镜的宽边黑色链带，一边目带威胁地盯着控方证人，心下想着对方一定是品位低下才会认为自己的客户有罪。坐在公爵对面的是菲尔德·弗莱明夫人，她身材矮小，体态浑圆，全然一副家庭主妇的样子，不过她能创造出低俗不堪却十分成功的剧作。今天，她看起来就像一位假日外出的主厨。她用手肘碰了碰身旁的达默斯小姐，附耳嘀咕了几句，还刻意用手掩着嘴，不让他人听见。安布罗斯·区特威克先生眨了眨他那淡蓝色的眼睛，那样子活像一只聪明的母羊。至于侦探小说家，他正不动声色地独坐一旁，事实上，他不过是在模仿自己最喜欢的侦探罢了：越是激动人心的时刻，越是摆出一副不为所动的样子。

"今天早上我到苏格兰场说出了自己的想法，"罗杰继续说道，"虽然他们并不支持此举，但是也找不出这么做有什么实质性的坏处,结果就是——尽管他们不太情愿,但我离开的时候还是得到了官方的正式许可。现在我突然明白了,和我一开始的整个想法一样,他们之所以会同意我这么做,是因为——"罗杰刻意停了片刻,环顾一圈,"警方已经放弃追捕杀害格雷厄姆·本迪克斯夫人的凶手了。"

此言一出,全场哗然,有人错愕,有人憎恶,也有人震惊,几乎所有人同时都将目光投向了莫尔斯比总探长。只是这位总探长显然没有觉察到众人关切的眼神,他把雪茄高高举到耳边,依旧专注地听着罗杰的讲话,似乎想要从中获取一些内幕消息。

罗杰立刻为其解围:"这些消息很是机密,顺嘴多说一句,我知道各位是不会让消息从这间屋子泄露出去的。现在事实就是如此,警方所有的审讯都一无所获,只能告停。当然,也有可能会出现新的线索,恐怕在此之前,有关部门早就以悬案草草了结。因此,我的提议是,既然警方破不了案、撂了挑子,那我们俱乐部就应该接下这个案子。"说完,他满怀期待地环视一圈,场下的各位全都不自觉地扬起了脸,每张脸上都写着疑问。

此刻,罗杰慷慨激昂,正在兴头上,所以全然忘了咬文嚼字,开始变得满嘴大白话。

"哎呀,你们瞧,咱们个个聪明绝顶,既不傻,也不用墨守一些死板的侦查方法(不好意思,莫尔斯比老友)。说实话啊,咱们六人既可通力合作,又可各自独当一面,要说咱们当中有一人能破了这警方都破不了的案子,也不是毫无可能的吧?你说呢,查尔斯公爵?"

这位大律师哈哈一笑："按我说，谢林汉姆，这主意倒是不错，但是我得先保留我的意见，除非你将提议的细节说得清楚些。"

"我觉得这个主意很棒啊，谢林汉姆先生。"菲尔德·弗莱明夫人喊道，她可不在意什么法律约束，"我今天晚上就开始。"因为太过兴奋，她圆润的双颊分明都在颤抖，"你呢，艾丽西亚？"

"我也觉得这个主意可行。"艾丽西亚微微笑了笑。

"事实上，"侦探小说家冷冷地说道，语气中夹杂着一丝超然物外的冷静，"关于这个案子，我早就形成了一套自己的推论。"这位小说家的真名叫珀西·罗宾逊，他创作时常常使用笔名"莫顿·哈罗盖特·布拉德利"，一说起这个笔名就足以让美国那些头脑简单的民众为之疯狂——光是他的第一本小说就连印了三版。不知是出于什么心态，美国人总是对将姓氏作为名字有特别的好感，尤其是当它碰巧又和英国的一个温泉旅游胜地同名的时候[1]。

安布罗斯·区特威克先生淡淡地笑了笑，未发一言。

"好了，各位，"罗杰接过话头，"细节方面我们还可以一起讨论嘛。我想，如果我们决定接下这个案子，分开行动或许可以让这件事变得更有趣。莫尔斯比总探长可以给我们提供一些警方已经掌握的线索。虽然他不是这个案件的主要负责人，但他也参

---

[1] 哈罗盖特（Harrogate）是英国的一个温泉小镇和旅游胜地，也是一个姓氏；侦探小说家用这个姓氏作为名字，有几分英国贵族的分量和格调。

与过其中的一两件工作，所以对这些线索肯定一清二楚。不仅如此，他今天还特意花了整个下午在苏格兰场查阅卷宗，就是为了确保今晚的分享不会出现任何遗漏。

"听完总探长的陈述后，我们当中或许有人当场就会对案子有一套自己的推论，其他人也可能会有自己的调查想法，但在公开之前打算先独自跟进。不管怎样，我建议大家给自己一周的期限去建立推论、验证假设，并对苏格兰场收集到的线索给出自己的看法。在这期间，我们彼此之间不可以交流讨论此案。我们或许会一无所获（这种情况基本上不太可能），不管怎么说，这都会是一场很有趣的破案练习，对我们有些人来说属于实战演练，对另一些人来说可能具有学术意义，具体如何看待由你们自己定义。我个人觉得，最有趣的部分就是看看我们是否能同时破案。各位，接下来的会议是要开放讨论呢，还是别的什么形式？换言之，大家觉得这个提议怎么样？"说完，罗杰就要坐回座位上，看来对自己的发言甚是满意。

他的屁股还没坐稳，就有人提出了第一个问题。

"谢林汉姆先生，你的意思是我们要出去像侦探一样查案吗？还是说，只需要根据总探长提供给我们的线索写一篇报告就行？"艾丽西亚·达默斯问道。

"这个由你自己决定，"罗杰答道，"就像我刚才说的，你既可以把它当成破案实战演练，也可以只当作学术研究。"

"但是，谢林汉姆先生，要是当成实战演练，您可比我们有经验多了啊。"菲尔德·弗莱明夫人噘着嘴说道（没错，她就是嘚着嘴说的）。

"这么说的话，警方可比我有经验多了。"罗杰反驳道。

"毫无疑问，这取决于我们是采用演绎法还是归纳法，"莫顿·哈罗盖特·布拉德利评论道，"要是你采用的是演绎法，那你就只需根据警方提供的信息来推断，无须自己调查，除了可能会有一两个结论需要验证。如果你用的是归纳法，那你就需要大量的走访调查了。"

"一点没错。"罗杰说道。

"根据警方提供的线索，然后采用演绎法，解决了国内很多重案悬案，"查尔斯·怀尔德曼公爵高调宣布，"这次我就打算这么干。"

"这个案子有一个特别之处，"布拉德利先生嘀咕道，似乎在自言自语，"而且这个特别之处应该可以直指凶手的身份。我一直就是这么想的，我应该专注这点深挖下去。"

"如何调查才好呢？我一点头绪都没有，完全不知道要从哪里开始。"区特威克先生不安地说，好在没人听见他说什么，所以也不要紧。

"整件案子唯一让我想不通的，"艾丽西亚·达默斯肯定地说道，"就事论事啊，是完全找不到凶手作案的心理动机。"虽然达默斯小姐嘴上没有明说，但是让人感觉要真是这种情况，她就无计可施了。

"听完总探长的陈述后，我想你就不会这么说了，"罗杰的语气很是温和，"我们将要听到的内幕可比报纸上刊登的还要多。"

"那我们就洗耳恭听吧!"查尔斯公爵建议道。

"大家都没有意见吧?"罗杰一边问,一边环顾一周,欢快得好像刚刚获得了新玩具的小孩,"在座的各位都愿意放手一试吧?"

众人皆跃跃欲试,热情空前,只是这当中有一人始终沉默,那就是安布罗斯·区特威克先生。只见他仍在冥思苦想,一脸闷闷不乐——要是真的展开调查,该怎么做才好啊?他曾研究过上百本名侦探的回忆录,是那种穿着大黑靴、戴着圆顶硬礼帽的真正侦探写的回忆录。但是这一刻,他能从那一堆厚厚的书中(刚出版时卖十八先令六便士,几个月后滞销打折就只需要十八便士了)想起来的只有一件事,那就是一个真正的侦探,如果真的打算破案,是绝不会粘什么假胡子的,顶多只是简单地修修眉毛。虽然这或许算得上一个破案的诀窍,但对区特威克先生来说,只知道这个似乎还不足以帮他破案。

幸好众人七嘴八舌的讨论让莫尔斯比总探长不得不站起来讲话,这才没人注意到区特威克先生的胆怯。

第二章

在众人的掌声中，莫尔斯比总探长站了起来，脸上还泛着红晕，显得有些不好意思，他先是对受邀表示感谢，然后坐了下来，翻开手边的笔记，针对这宗关于本迪克斯夫人离奇死亡的案件，开始向现场这群兴致勃勃的听众娓娓道来。他的整个讲述没有添加任何自己的观点，也没有补充后续问题来打断叙述，他只是讲述了以下要点：

十一月十五日，星期五，早上十点半左右，格雷厄姆·本迪克斯先生来到位于皮卡迪利大街的彩虹俱乐部，询问是否有他的信件。服务生递给他一封信和两张传单，然后他便走到大厅的壁炉旁看信去了。

就在这时，另一位俱乐部会员走了进来，他就是准男爵尤斯塔斯·彭尼法瑟先生，约中等年纪。他就住在附近的伯克利街道，但总是喜欢跑到彩虹俱乐部来打发时间。跟以往一样，准男爵尤斯塔斯进来的时候，服务生总会看一眼墙上的挂钟，每次都是精准的十点半。毫无疑问，这个时间已经深深印在服务生的脑海里了。

这次有三封信外加一个小包裹是给尤斯塔斯先生的，因此他也拿着东西往大厅的壁炉旁走去，在大厅碰见本迪克斯先生的时候还向其点头致意。这两位都不太认识对方，说过的话总共也没有超过六句。当时，大厅里除了他们就没有其他人了。

尤斯塔斯先生瞟了一眼信件，打开包裹，嫌弃地哼了一声。本迪克斯先生好奇地看了他一眼，于是尤斯塔斯先生便将包裹中随附的信扔给本迪克斯先生，气鼓鼓地抨击现在下作的商业手段。本迪克斯先生收起笑容（尤斯塔斯先生的一些习惯和观念常常是旁人眼中的笑柄），仔细阅读起来。这封信是"梅森氏"公司寄来的，这是一家大型巧克力生产商，因为想宣传他们刚刚推出的"酒心巧克力"——一款专门为高雅人士量身定制的新品，特地找到尤斯塔斯准男爵这样一位有品位的人来品鉴一下，随信附赠了一盒"酒心巧克力"，并且表示接受和感激准男爵对新产品的任何批评指正。

"他们以为我是什么唱诗班里随便的小歌女吗？"尤斯塔斯先生的气不打一处来，"竟然要我去为他们那该死的巧克力背书？去他妈的！俱乐部的管理委员会是干什么吃的？我要投诉！这种乱七八糟的包裹根本就不该收！"众所周知，彩虹俱乐部的姿态是相当高傲且排外的，它的前身是一七三四年开设的彩虹咖啡屋，一路传承沿袭至今，即使是皇室家族，也没有这个由咖啡屋演变而来的俱乐部这么排外。

"是啊,我也觉得这是一股歪风邪气!"本迪克斯附和道,"不过,这让我想起一件事。我得去买一些巧克力,用来还债。昨晚,我和妻子在皇家剧院的一间包厢里看戏。我们分别用一盒巧克力和一百支香烟打赌,赌她在第二幕戏结束前猜不到坏人是谁。没想到她竟然赢了,我不得不去买一盒巧克力赔给她。话说回来,那个戏还真不错,《嘎吱作响的骷髅头》,您看过没?"

"我不可能看这种东西的,"尤斯塔斯先生毫不客气地回复道,"我才不会去看一群蠢货拿着道具枪在那里杀来杀去,有这闲工夫不如去干点别的。你是不是说想要一盒巧克力?那就把这盒巧克力拿去吧。"

省下买巧克力的这点钱对本迪克斯来说根本不值一提,因为他很富有,身上的现金说不定可以购买一百盒这样的巧克力,但麻烦当然是能省就省。"这盒巧克力你确定不要了?"他礼貌地确认道。

在尤斯塔斯先生的回答中,只有一个他重复了好几遍的字能听清,但他的意思显而易见。于是本迪克斯谢过了他,欣然接受了这份礼物,只是没想到这便是他不幸的开始。

万幸的是,盒子的包装纸并没有被扔进壁炉里,不管是在尤斯塔斯手里的时候,还是当他气鼓鼓地把这盒巧克力扔给本迪克斯的时候,盒子始终是完整的,盒子、信件、包装纸乃至包装绳全都没有扔。要知道,当时他俩手中的信封可全被扔进壁炉里了。

然而本迪克斯先生只是径直走向服务台，将东西寄存在那儿，并要求服务生帮忙看管那盒巧克力。服务生将巧克力置于一旁，顺手把包装纸扔进了废纸篓。至于那封随附的信，在本迪克斯走过的时候就从他手中滑落了，只是他丝毫没有察觉。好在几分钟后，服务生又把这封信从地上捡了起来，扔进了废纸篓。后来，警方把废纸篓里的这封信连同包装纸一并取走了。

这起谋杀案确凿的证物一共只有三个，信和包装纸就占了其中两样，而第三件证物当然就是那盒巧克力本身了。

一场悲剧即将上演，然而涉身其中的三位关键人物浑然未觉，在他们当中，准男爵尤斯塔斯的身份最为显赫。他年纪约莫四十八九岁，整个人满面红光，膀大腰圆，一副典型的土地主做派，言行举止也十分老派。他身上土地主的特征远不只这些，比如，他说话时总带着一股特有的沙哑，这是上了年纪的土地主才有的特征，只是尤斯塔斯并非喝多了威士忌才这样。此外，和那些土地主一样，尤斯塔斯也特别喜欢打猎，地方上规定只能猎捕狐狸，但尤斯塔斯不管那么多。总而言之，尤斯塔斯就是个彻头彻尾的恶爵。不过，他的恶劣行迹赢得了大多数男人的喜爱，不管正派还是反派（也许有几位做了丈夫或者父亲的除外），而且就连女士也对他的污言秽语格外包容。

跟尤斯塔斯比起来，本迪克斯就显得平凡多了。他二十八岁，身姿挺拔，皮肤黝黑，相貌不算难看，性子沉静持重，虽然也算受人欢迎，但除了某些交情特殊的人，他鲜少与人来往。

五年前父亲过世后，他便继承了一大笔遗产。当年，他的父亲拥有一大片位于未开发区的土地，并颇有远见地守了好几年，直到附近别人的土地上都盖满了住宅、工厂后，他才将其转售，此时的售价恐怕比当初买进时高了十倍不止。"稳坐钓鱼台，富贵自然来！"这句话成了他的座右铭，也在他身上得到了验证。他的儿子虽家财万贯，完全用不着工作，但显然遗传了父亲的生意头脑，事业也做得风生水起。（正如他略含歉意解释的那样）赚钱这件事对他来说只是最刺激的游戏，他不过是爱玩游戏罢了。

自古以来，金钱相吸。本迪克斯继承了财富，也创造了财富，当然也不可避免地要与财富联姻。他的妻子是利物浦一位船只大亨的遗孤，嫁给本迪克斯的时候带着近五十万的身家。本迪克斯其实根本不需要这些钱，在他心里这笔钱不过是附赠品。他需要她并非因为她的财产，（按他朋友们说的）即便她什么都没有，他也依旧会娶她。

她完全就是他喜欢的类型，身材高挑，性子严谨，富有教养，完全不是那种年纪轻轻、性格不定的样子（三年前本迪克斯娶她的时候，她就已经二十五岁了）。对本迪克斯来说，她就是妻子的完美人选。或许从某些方面看，她有点清教徒的味道，就算她是，当时的本迪克斯也准备好跟她一起当清教徒了。

别看本迪克斯后来洁身自好的样子，年轻时的他跟其他男人一样放浪形骸，四处留情。换句话说，流连声色之地对他而言就如同家常便饭。光是和他有牵连的欢场女子就不止一个，好在他处事有度，虽不遮掩，却也谨慎，只追求片晌欢愉，从不留恋。总之，那时的他就是典型的纨绔子弟——挥霍无度，荒废青春。而这一切，和其他男人经历的一样，随着婚姻的到来宣告结束。

他对妻子的爱极为高调，丝毫不顾及旁人的眼光。而她的爱也同样热烈，虽不及本迪克斯表现的那般明显，但也可以说是此心可鉴。因此不得不承认，本迪克斯夫妇成功地实现了现代世界的第八大奇迹——一桩幸福的婚姻。

然而就在这幸福婚姻的半道上，宛如平地惊雷，凭空掉下来一盒巧克力。

"把巧克力寄存在服务生那里后，"莫尔斯比翻了翻笔记，找到要用的那页，继续说道，"本迪克斯先生就跟着尤斯塔斯走进了休息室，在那儿读起了《晨间邮报》。"

罗杰点头表示赞同。除了《晨间邮报》，尤斯塔斯先生也没其他报纸可读了。

本迪克斯则是仔细读起了《电讯日报》。那天上午他比较清闲，既没有董事会议要参加，也没有他感兴趣的生意需要他在十一月这样阴雨绵绵的天气外出办公。于是，整个上午他都显得无所事事，不是翻翻报纸、看看周刊，就是和另一个同样百无聊赖的会员打打台球。大约十二点半的时候，他带上巧克力，回到位于伊顿广场的家中吃午饭。

本迪克斯夫人原本交代过那天不会回家吃午饭，但是她的约会临时取消，所以她也就回家了。饭后他们在客厅喝咖啡，本迪克斯把那盒巧克力递给妻子，并告诉她巧克力的来源。本迪克斯夫人取笑他抠门，巧克力都不自己买，但也默许了他的所为，并表示很有兴趣尝尝这家公司的新产品。虽说琼·本迪克斯性子严谨，但也没有严谨到连巧克力都不吃的地步——这可是绝大多数女性的心头好。

但是，这些巧克力似乎没有让本迪克斯夫人惊艳。

"莳萝利口酒、樱桃酒、黑樱桃酒。"她一边说着，一边用手指划过这些银色包装的甜品，每一颗上面都用整齐的蓝色字母写着内含的酒名。"没什么特别的呀，看不出任何特别之处，格雷厄姆，他们只是从寻常的酒心巧克力中挑出三种拼到一起罢了。"

"哦。"本迪克斯应道，显然他对巧克力不是很感兴趣，"好吧，没事儿。反正对我来说，所有的巧克力吃起来都差不多。"

"是的，他们连包装盒都用的是寻常款式。"本迪克斯夫人一边抱怨，一边检视盒盖。

"毕竟只是样品嘛，"本迪克斯指出，"可能他们还没造出合适的包装盒。"

"我可不相信这是什么新品，简直没有任何差别嘛，"本迪克斯夫人一边说着，一边剥开一颗莳萝利口酒口味的巧克力，然后把整盒巧克力递到本迪克斯面前，"来一颗？"

本迪克斯摇了摇头，说："不用了，谢谢，亲爱的，你知道我从不吃这些玩意儿。"

"行吧，但这次你得尝一颗，就当作对你的惩罚，谁让你没有亲自给我买呢。接着！"说着，她便拿起一颗扔给他。本迪克斯接住的时候，她还做了个鬼脸。"噢，我错了，这些巧克力真的不一样，它们的酒劲大了二十倍不止。"

"哈哈，至少这样才能称得上酒心巧克力嘛。"本迪克斯想起那些寻常的酒心巧克力，虽也打着烈酒名号，其实不过是甜食罢了，他不禁笑了起来。

他拿起妻子扔给他的那颗巧克力，塞进嘴里，咬了一口，酒心溢出，整个口腔瞬间被一股灼烧感席卷，虽不至于无法忍受，但也绝对算不上令人愉悦。"天哪，"他惊叹道，"这酒味也太强了吧，我现在相信他们往里面放的是好酒了。"

"哼，他们才不舍得这么干呢，"本迪克斯夫人并不赞同，然后又剥了一颗，"只不过这酒味的确很强，他们一定弄了什么新配方。说真的，嘴巴都快烧起来了。我也说不清喜不喜欢，不过那颗樱桃酒口味的吃起来杏仁味太重了。这颗黑樱桃酒口味的可能好一些，你也来一颗。"

为了迎合妻子，他又吞了一颗，越发觉得自己不喜欢。"有趣，"他一边用舌尖抵着上腭，一边发表评价，"我感觉舌头都已经麻木了。"

"我刚开始也一样，"本迪克斯夫人附和道，"现在只是有点刺痛而已。嗯，我吃不出来樱桃酒和黑樱桃酒的有什么不同。这两种酒劲都很冲，我也说不上来喜不喜欢。"

"我不喜欢，"本迪克斯语气很坚定，"我觉得这巧克力有问题，我要是你就不吃了。"

"别嘛，我想这些不过是在尝试新配方而已。"本迪克斯夫人说道。

几分钟后，本迪克斯出门了，因为他与人在市区有约。而他的妻子还在那里不停地尝试，试图弄清楚自己到底喜不喜欢这些巧克力。她对本迪克斯说的最后一句话是：她的嘴巴已经被这些巧克力灼烧得不行了，恐怕再也吃不下了。

"本迪克斯先生对那段对话记得非常清楚，"莫尔斯比总探长一边说着，一边环顾一圈，在座的各位都听得十分认真，"因为那是他见到妻子的最后一面。"

客厅里的对话大约发生在下午两点一刻到两点半之间。本迪克斯与人在市区约见的时间是下午三点，他在那儿待了大约半个小时，之后便叫了一辆出租车回到彩虹俱乐部喝茶。

谈生意的时候，本迪克斯就一直感觉很不舒服，等到坐上出租车时他就几近崩溃了。司机不得不叫来服务生帮忙扶他下车，搀着他走进俱乐部。根据司机和服务生的描述，当时他的脸色苍白得可怕，两眼无神，嘴唇发青，就连皮肤都是又潮又黏。只不过他的神志似乎未受影响，两人将他搀扶至台阶处时，他还能够行走，最后在服务生的搀扶下走进了大厅。

服务生当时被本迪克斯的样子吓坏了，想立即送他就医，但是本迪克斯觉得没什么大问题，因而拒绝了，说可能只是消化不良，过几分钟就好了，他肯定是吃了什么不对胃的东西。服务生将信将疑，只能由他去了。

过了一会儿，他对一直待在俱乐部未曾离开的尤斯塔斯·彭尼法瑟爵士复述了自己的状况。不过，这次他补充道："我现在想起来了，一定是你给我的那盒烂巧克力有问题。当时我就觉得这巧克力不对劲。我要打个电话给我妻子，问问她是不是跟我有一样的症状。"

看到本迪克斯痛苦的样子，尤斯塔斯很震惊，他素来热心，一听到这件事可能是自己引起的，心中很是不安，于是他提出帮忙致电本迪克斯夫人询问情况。本迪克斯自己的情况也越发糟糕，起身行走都变得困难。他正欲回复尤斯塔斯的时候，突然感觉身体发生了变化。他原本还瘫软在椅子上的身体突然变得僵直，牙关紧咬，乌青的嘴唇往后一咧，露出瘆人的狞笑，双手则死死地抓着椅子的扶手。就在这时，尤斯塔斯分明闻到了一股苦杏仁味。

尤斯塔斯突然意识到事态变得严重了，眼看本迪克斯先生就要在他面前死去，他只好大声呼喊服务生和医生。大厅（这件事发生之前，大厅里可能从未听见有人这么呼喊过）的另一端还站着两三个人，他们听到呼喊也立即跑来帮忙。尤斯塔斯一秒也不敢耽误，立马让其中一位去通知服务生寻找最近的医生，然后又指挥其他人帮忙舒缓本迪克斯抽搐的身体。那一刻，所有人都意识到本迪克斯中毒了。他们不停地跟他说话，关切地询问他的感受，并表示愿意提供帮助，只是此时本迪克斯没有任何反应，事实上，他已经完全失去意识了。

医生还没有赶到，一个紧急电话就先打来了。打电话的是一位管家，他焦急地询问本迪克斯先生是否在这儿，如果在的话请他立马回家，因为本迪克斯夫人病得很严重。

在伊顿广场的家中，本迪克斯夫人也出现了和她先生一模一样的病症，只是她的情况更加危急。本迪克斯出门后，她又在客厅里待了半个小时左右，在这期间她又吃了三颗巧克力。然后，她起身回到楼上的卧室，唤来女仆，告诉她自己不舒服，想躺下来休息一会儿。和本迪克斯先生一样，她也认为自己是消化不良。

于是女仆取来助消化的药粉，药粉中的成分主要是碳酸氢钠和铋。她将其调成饮品，让本迪克斯夫人喝了下去。接着，她又给女主人拿了一个热水瓶，然后就让她躺在床上休息了。女仆对本迪克斯夫人症状的描述与服务生和出租车司机对本迪克斯先生的描述如出一辙，唯一不同的是，她并未对女主人的症状心生警觉。虽然她知道本迪克斯夫人绝非贪嘴的人，但她后来表示自己当时只是以为本迪克斯夫人午餐吃多了，因此才没太在意。

三点一刻的时候，本迪克斯夫人房里传来急剧的铃声。

听到铃声的女仆赶忙冲到楼上，只见女主人仿佛癫痫发作一般，全身僵硬地躺在那儿，完全失去了意识。看见如此情形，女仆才彻底慌了，她不断呼喊，试图叫醒女主人，可惜此举不仅徒劳，更是白白浪费了救命的黄金时间。她眼见无果，便冲下楼打电话喊医生，偏巧他们的家庭医生又不在。又过了好一阵子，管家才发现电话前急得几近癫狂的女仆，当机立断，赶紧联系了另一位医生。等到医生赶来的时候，距离本迪克斯夫人按铃已经过去半个小时，早已错过了抢救时机。本迪克斯夫人完全陷入昏迷状态，尽管医生用尽一切办法，最终还是无力回天——不到十分钟，她便去世了。

实际上，当管家打电话到彩虹俱乐部时，她已经死了。

第三章

说到这里,为了营造气氛,也为了喘口气,振奋一下精神,莫尔斯比总探长特意停顿了一下。尽管听众的兴致高昂,其实到目前为止,总探长所说的都是大家早已知晓的事情。大家真正想听的是警方侦查到的线索,包括那些从未在媒体上披露的细节,以及官方也未曾透露的研判推测。

或许是莫尔斯比感受到了他们的心思,稍作休整后,他露出一丝浅浅的笑容,说:"好吧,各位,序言说得有点长,接下来我就不再绕弯子了,如果你想对整个案子有个全盘了解,那么就请跟我从头到尾将案件理一遍。

"大家都很清楚,本迪克斯先生没有死。他很幸运,只吃了两颗巧克力,而他的妻子一共吃了七颗。更幸运的是,他落到了一位聪明的医生手里,他妻子就没那么好运了,医生赶到的时候已经无能为力。总之,本迪克斯先生吃下的毒量少得多,毒发的速度也就慢得多，为医生的抢救提供了时间。

"医生当时也不知道他是中了什么毒。考虑到他毒发时的症状以及散发出来的苦杏仁味，医生就按氢氰酸中毒给他治了。因为医生也不太确定自己的判断是否准确，所以又在药物中增加了一两味药。好在结果证明本迪克斯食用的剂量不足以致命，当晚八点他就恢复意识了。之后，众人将他安置在俱乐部的一间卧室里，第二天他就完全康复了。"

莫尔斯比继续解释道，起初，苏格兰场认为本迪克斯夫人的死以及她丈夫的死里逃生完全是一场意外。警方一接到有女子死亡的报案就立即派人着手侦查，并确定了死者是因中毒而亡。分区刑事探长也火速赶到彩虹俱乐部，在得到医生的准许后，立即对这位刚刚苏醒的案件当事人进行了问话。

由于情况尚不明晰，警方并未告知本迪克斯他妻子已经过世的消息，对他的询问也仅仅是关于他自身的经历，因为很明显，这两件案子相互牵连，弄清楚其中一个，另一个自然水落石出。探长直接告诉本迪克斯他中了毒，并催促他好好想想是怎么中的毒，有没有什么可疑的地方。

本迪克斯很快就想到了那盒巧克力。他告诉探长，那盒巧克力的口感极冲，吃了后，口腔像是被火烧一样。他还说，自己早就跟尤斯塔斯爵士说起那盒巧克力有问题。很可能就是吃了那盒巧克力才导致他这样的。

本迪克斯说的这些，探长早就清楚。

因为早在本迪克斯恢复意识之前，探长就先行讯问了当天下午与他接触的所有人。探长先是听了服务生的讲述，然后顺藤摸瓜找到了出租车司机，接着又找到了大厅里围拢在本迪克斯身边的几个会员，最后是尤斯塔斯爵士告诉他，本迪克斯怀疑巧克力有问题。

此时，探长还没有太在意尤斯塔斯爵士说的话，只是例行公事地对他简单问话，了解整个事件的来龙去脉，然后例行公事地翻查废纸篓，找到了包装纸和那封随附的信。接着还是例行公事，继续问了本迪克斯同样的问题。直到他听到本迪克斯夫妇午餐后是如何分食那盒巧克力的，以及本迪克斯夫人是如何吃的比丈夫多，而且是在本迪克斯出门前就吃的比丈夫多的，他才意识到巧克力在整个案件中的重要性。

这时，医生过来打断了问话，探长不得不离开病房。他离开后的第一件事就是给还在本迪克斯家中的同事打了电话，通知他们立即取走那盒可能还在客厅的巧克力。与此同时，出于警探的警觉，他还问了问盒中大概少了几颗巧克力，得到的回复是九颗或者十颗，而他从本迪克斯那里得到的信息是六七颗。挂断电话后，探长立即将此事汇报上去。

案子的焦点现在集中在那盒巧克力上面。它们当晚就被送到苏格兰场，马不停蹄地被送去化验。

"医生的诊断也不算全错。"莫尔斯比说道，"事实上，巧克力中的有毒物质并非苦杏仁油，而是硝基苯。据我所知，这两样东西非常相似。但凡你们了解一点化学，一定比我更清楚，这东西只是偶尔用在廉价的甜品上来替代苦杏仁油，制造一种杏仁风味，不用说，你们也知道这东西有毒。只不过，现在用这个制作甜点已经很少见了，基本上它的商业用途只是用来生产苯胺染料。"

巧克力的化验报告坐实了警方最初的判断，这就是一场意外事故。一定是在巧克力和其他甜品的生产过程中使用了有毒物质，由此才酿成大祸。这家巧克力生产公司肯定一直在使用硝基苯作为利口酒的廉价替代品，并且是过量使用。此外，巧克力银色包装纸上写的酒类名分别是莳萝利口酒、樱桃酒与黑樱桃酒，这几种酒或多或少都带有杏仁风味，这无疑也佐证了警方的猜想。

就在警方前去这家公司调查之前，案件又出现了新的线索。原来这盒巧克力一共有三层，化验结果显示只有上层的巧克力含有有毒物质，下层的一点问题都没有，而且下层巧克力的酒心也完全与包装纸上的描述相符。此外，在上层巧克力的酒心中，警方发现其内馅并非单一酒类和有毒物质，而是上面提到的三种酒类的混合物，再加上有毒物质。更奇怪的是，下面两层的巧克力中根本没有发现任何含有上述三种酒心的，不管是莳萝利口酒、樱桃酒还是黑樱桃酒口味，一样都没有。

还有一件有趣的事情，那就是根据详细的化验报告，上层的巧克力除了含有三种酒类混合物，每一颗的毒剂含量都是精准的六量滴，不多不少。由于巧克力的内馅空间很大，所以除了固定量的毒剂，还有很大空间存放大量的酒精混合物。除了这个，还有一个更重要的发现，那就是每颗有毒巧克力的底部都有明显的针眼痕迹，像是用器具钻进了巧克力内部，然后在外面抹上了一层融化的巧克力来遮掩。

显然，现在警方考虑的方向是谋杀。

看来是有人蓄意谋杀尤斯塔斯·彭尼法瑟爵士。凶手弄来了一盒"梅森氏"酒心巧克力，为了不出错，还只挑了其中杏仁口味的，然后从底部给每一颗都钻了洞，倒出其中的酒心。再用类似钢笔注射筒这样的器具注入毒剂，接着又把原先的酒心混合物填入其中，最后再将针孔堵上，重新包上银色包装纸。如此这般，一项堪称精细的工程就完成了。

如此一来，那封随附信和巧克力盒包装纸就成了最重要的证物。好在探长有先见之明，一早就将它们从废纸篓中救了出来，想到这里，他不免为自己感到庆幸。现在，这两件东西，加上巧克力盒子以及其中剩余的巧克力，构成了这件冷血谋杀案仅存的证据。

负责此案的总探长带着这些证物找到了"梅森氏"的主管。在未告知如何取得这些东西的情况下，直接把那封信递到他面前，要求他对与此信相关的若干疑点做出解释。比如（主管被问道），这样的信一共寄出去多少封？这一封是由谁负责，谁知情？又是谁有机会接触寄给尤斯塔斯爵士的那盒巧克力？

警方原本想打梅森先生一个措手不及，没想到梅森先生让警方大吃一惊。

"怎么了？"眼看梅森先生似乎要盯着这封信看一整天，总探长忍不住催促道。

梅森先生扶了扶眼镜，转而将目光从信件上挪到了总探长身上。别看这位老爷子身体瘦小，眼神却相当严厉，他从哈德斯菲尔德[1]的一条后街发迹，绝不会让人觉得他是个没来头的。

"你从哪里搞来的这鬼东西？"梅森先生问道。别忘了总探长还没告诉梅森老爷子这些信件与本迪克斯夫人的死有关，所以梅森先生才有这么一问。

"我来——"总探长语气中带着一丝威严，"是想问你信是如何寄出去的，不是来告诉你我是如何拿到它的。"

"那你可以滚了！"梅森先生说得很坚决，说完想了片刻，又补了一句，"带上你的警员一起滚！"

"我必须警告你，先生，"总探长说道，这次语气缓和了些，但态度依旧坚决，还是没有告知对方实情，"我必须警告你，若是你拒不配合调查，那你的麻烦可就大了！"

面对这样明面警告实则威胁的话语，梅森先生显然没有被吓到，而是越发恼怒。"滚出我的办公室！"他甚至飙出了自己的方言，"你是聋了吗，小子？还是你觉得自己很有趣？你我都清楚，这信压根儿就不是从我这儿寄出去的。"

这下倒是总探长惊住了。"不——不是从你们公司寄出去的？"他脑子嗡的一声响。这种可能性他之前从没考虑过，"你是说，这是——伪造的？"

"我说得不够清楚吗？"老爷子怒目圆睁，近乎咆哮地朝他吼道。不过，总探长明显的震惊让他消气不少。

---

1 英国中北部工业城市，是重要的机械工业中心。

"先生，"总探长回过神儿，说道，"我必须请您尽可能地协助我调查，此事牵连到一桩谋杀案，我们现在就是在侦查此案。"他停了一下，巧妙地转换了措辞，"而且凶手似乎想利用贵司来掩盖罪行。"

总探长的手段果然奏效了。"去他妈的！"老爷子怒不可遏，"真他妈无耻！你想问什么就问吧，小子，我尽量回答就是了。"

两人的沟通这才正式建立起来，总探长继续深入询问。

接下来的五分钟里，总探长的心情越来越低落，因为原先以为会是件很简单的案子，没想到转眼间变成一桩非常棘手的案件。原本他以为（他的上级领导也同意他的观点）这件案子不过是临时起意的毒杀案，一定是梅森公司里有人对尤斯塔斯爵士心怀憎恨，而寄给尤斯塔斯爵士的盒子和信件恰好经过他（总探长也考虑过，凶手更有可能是女性）的手。作案方式也显而易见，工厂里就有可用的硝基苯，至于结果，自然也就不出所料。要真是这样，找到凶手就易如反掌。

但是现在情况完全不同了。先前的推断必须全盘推翻，因为从一开始这封信就没有寄出过，这家公司也没有生产什么新款巧克力。就算他们真要推出什么新口味，也不会给某些顾客寄送样品，因为公司向来没这个传统，总之这封信就是伪造的。另一方面，这张信笺的确是梅森公司的（这仅存的证物就是佐证），梅森先生也认可。虽不是百分百确定，但也有八九分把握，这是六个月前就已经用完的那批旧信笺中的一张。虽然信笺的信头可以伪造，但梅森不认为这是假的。

"六个月前？"总探长有点不高兴。

"差不多就是那个时候，"梅森答道，顺手从面前的一堆文件中抽出了一张纸，"这才是我们现在用的。"总探长接过纸仔细研究了一番，这两张纸确实不同。尽管两张纸的信头一模一样，明显新纸更薄更光滑。于是，总探长要了生产这两种纸的厂家的名字。

不凑巧的是，旧纸已经找不到样品了。梅森先生现场搜索了一番，但是一张剩余的旧纸都找不到。

"事实上，"莫尔斯比说道，"我们已经注意到证物，也就是那封信，所用的纸是旧纸，因为它的边缘明显泛黄。我会把它传下去给大家看看，请一定小心，别弄坏了。"于是，这张曾被凶手摸过的信笺，缓慢地在这些未来的大侦探中间传阅着。

"那么，长话短说，"莫尔斯比继续说道，"我们已经请河口街的韦伯斯特印刷厂对信笺做了鉴定，他们可以发誓做证，这的确是他们家生产的。这就意味着这信笺是真的，唉，这运气也太差了！"

"你的意思是说，"查尔斯·怀尔德曼公爵直接打断了他，"如果这个信头是假的，找到伪造它的人反而更容易些，是吗？"

"就是这个意思，查尔斯先生。除非伪造者自己有一家小印刷厂，就算这样也是可以追查到的。但是现在我们掌握的情况，只有凶手六个月前拿到了梅森公司的信笺，这个搜查范围可就大了。"

"你有没有想过信笺是被偷的呢？凶手故意把它偷出来，留待需要的时候使用?"艾丽西亚·达默斯问道。

"似乎是这样的,小姐。或许是什么事让凶手推迟了行动。"

至于巧克力盒的包装纸,梅森先生就完全帮不上什么忙了。这些包装纸不过是薄薄的普通棕色牛皮纸,哪里都可以买得到,上面工工整整地用大写字体写着尤斯塔斯爵士的名字和地址。显然,包装纸上没有任何有用的信息。上边的邮戳显示,包裹是在晚上九点半从滨河区的南安普敦街邮局的邮筒寄出的。

"邮局的收件时间是晚上八点半,下一趟是九点半。"莫尔斯比解释道,"所以包裹一定是在这两个时间点之间寄出去的。包裹体量很小,刚好可以从邮筒的投信口塞进去。包装上的邮资也没有问题。邮局那时候已经关门了,所以不可能是通过柜台办理的业务。或许你们想亲眼看看包装纸。"说着,莫尔斯比把巧克力盒的牛皮包装纸递给大家传阅。

"装巧克力的盒子你也带来了吗?还有剩下的巧克力呢?"菲尔德·弗莱明夫人问道。

"没有,夫人。那只是梅森公司的一只寻常盒子,至于剩下的巧克力,全拿去化验了。"

"啊!"菲尔德·弗莱明夫人语气里满是失望,"那上面可能会有凶手的指纹呢。"她解释道。

"这个问题我们也已经查过了。"莫尔斯比直言不讳。

牛皮包装纸还在大家手中传阅,大家都看得非常认真,场面一度陷入沉默。

"自然,那些被人目睹在八点半至九点半之间去南安普敦街的邮筒投寄包裹的人，我们也一一调查过了，"莫尔斯比继续说道，"但是一无所获。不仅如此，我们还仔细地盘问过尤斯塔斯·彭尼法瑟爵士，问他是否知道为什么有人想置他于死地，可能是谁想要这么做。可惜，尤斯塔斯爵士没有提供任何有价值的信息。当然，我们也考虑过如果尤斯塔斯爵士死了，谁会从中得利，但也没有任何结果。他的大部分财产都归在他太太名下，而她正要跟他起诉离婚；况且她人还不在国内，我们也调查了她的行踪，她确实没有问题。此外，"莫尔斯比接下来的话显得他特别不专业，"她是位很善良的女士。"

"到目前为止，我们掌握的情况只有凶手可能在六个月前与梅森公司存在某种联系，另外，差不多可以确定凶手那天晚上八点半到九点半之间出现在南安普敦街。除此之外，别无所获。我们怕是走进死胡同了。"莫尔斯比虽然嘴上没说，但他显然觉得眼前的这群业余犯罪学家肯定也束手无策。

接下来是好一阵沉默。

"这就完了？"罗杰问道。

"是的，谢林汉姆先生。"莫尔斯比点点头。

又是一阵沉默。

"警方肯定有一套自己的推论吧？"莫顿·哈罗盖特·布拉德利先生的语气中还是带着一股超然之气。

莫尔斯比显然犹豫了。

"说吧，莫尔斯比，"罗杰怂恿他，"那不过是个很简单的推论，我知道的。"

"好吧，"受到刺激的莫尔斯比说道，"我们现在比较倾向于这样的观点，那就是这场犯罪是疯子所为，或者半疯之人，很可能他根本就不认识尤斯塔斯爵士。你知道的……"莫尔斯比看起来略显尴尬。"你们都知道，"他壮着胆子继续说，"尤斯塔斯爵士的生活，请恕我这么说，实在是有点乱来。我们警方认为可能有些宗教分子，或者社会狂徒，想让他从这个世界上消失吧。你们知道的，毕竟他的某些行为实在惹人非议。

"要不然就可能只是一个纯粹喜欢杀人的疯子，还是喜欢隔空杀人的那种。

"霍伍德那桩案子，大家还记得吧，某个疯子给警察局局长寄了有毒的巧克力，那件案子还引起了很大关注。我们在想，这次的案件会不会就是对那件案子的模仿，毕竟一个引起轰动的案件经常会有人以相同手法模仿，这一点无须我多说吧。

"好了，以上就是我们的推论。如果我们的推论是对的，那我们抓到凶手的概率就跟……就跟……"莫尔斯比总探长似乎想找个精准的字眼来表述自己的观点。

"就跟我们一样多。"罗杰立即接上了他的话。

第四章

莫尔斯比总探长离开后,大家又继续坐了一会儿。似乎有很多事情需要讨论,每个人都有自己的观点、建议和推测想提出来。

只有一件事是大家一致同意的,那就是警方的推测完全错了,根本不可能是什么疯子杀人的偶然事件。一定是有什么人处心积虑地想让尤斯塔斯爵士从这个世界上消失,并且背后也一定有杀人动机。事实上,和所有的谋杀案一样,一切都是"动机"使然。

在一片此起彼伏的讨论声中,罗杰充分发挥了控制局面的作用。他不止一次指出,本次实验的目的是要每个人在不受任何偏见的干扰下独立作业,形成自己的推论,并用自己的方式证实它。

"难道我们发现的证据也不共享吗,谢林汉姆?"查尔斯公爵拖着低沉的嗓音说道,"虽然我们是独立调查,但我还是建议大家一旦发现新的事实就立即分享出来，以供所有人使用。这次的破案练习比的应该是心智水平，而不是常规侦查能力。"

"你这么说也有道理，查尔斯先生。"罗杰表示赞同，"事实上，我也仔细考虑过这个问题。总的来说，我觉得大家最好还是各自为战，今晚以后大家有什么新发现，自己知道就好，不必广而告之。你看，我们现在已经掌握了警方发现的所有线索，后面我们自己找到的东西很可能只是微不足道的小事，不见得对找出凶手、佐证推测有什么帮助。"

查尔斯公爵嘟囔了几声，显然未被说服。

"要不然投票表决好了。"罗杰坦荡地说道。

于是大家开始投票。查尔斯公爵和菲尔德·弗莱明夫人支持共享所有新证据，布拉德利先生、艾丽西亚·达默斯和区特威克先生（最后这位可是纠结了很久才做的决定）则投了反对票。

"那么，我们就各自保留自己发现的事实了。"罗杰宣布道，顺便在脑子里记下了投票情况，因为他觉得，这次的投票结果可以清楚地表明到底哪些人会满足于一般推论法，哪些人真正领会了这次会议的精神，会走出去实地演练一番。又或者，投票结果只是纯粹指出哪些人已有推论，哪些人还毫无头绪。

既然是大家投票的结果，查尔斯公爵也只能接受。"那么，现在大家都在同一起跑线，我们开始吧。"他宣布。

"是从我们离开这间房子的那一刻开始，"莫顿·哈罗盖特·布拉德利一边重整领结，一边修正公爵的说法，"在此之前，我还是赞同查尔斯先生的提议，若有任何人想补充总探长的陈述，就请现在说吧。"

"但是，有谁可以补充呢？"菲尔德·弗莱明夫人问道。

"查尔斯公爵就很了解本迪克斯夫妇啊，"艾丽西亚·达默斯小姐很是大公无私，"尤斯塔斯爵士他也熟。当然，我也认识尤斯塔斯爵士。"

罗杰微微笑了笑。敢这么开诚布公地说出来的确是达默斯小姐的风格。谁都知道达默斯小姐可是唯一一个让尤斯塔斯·彭尼法瑟爵士吃瘪的女性（坊间都是这么传的）。愚蠢的女人玩得多了，尤斯塔斯爵士心里早就想拿下这个聪明的女人。艾丽西亚·达默斯小姐面容娇美，身材高挑，风姿绰约，就连衣品也无可挑剔，几乎达到了尤斯塔斯爵士对女性外表近乎苛刻的要求，因而尤斯塔斯被她迷得神魂颠倒。

事情的后续发展让达默斯小姐的一大圈朋友看得津津有味。达默斯小姐原本一直都头脑清醒，从未被哪个男人迷得失去理智。但她似乎开始逐渐沉溺于尤斯塔斯爵士的花言巧语。于是他们开始共进晚餐，又共享午餐，不仅互相拜访，还经常一起外出旅行。就这样在美人日复一日的陪伴下，尤斯塔斯爵士甚至重新燃起了对艺术的热情。

接着，达默斯小姐就仿佛人间蒸发了一般。等到第二年秋天，一本新书横空出世，书中尤斯塔斯·彭尼法瑟爵士被剖析得彻彻底底，他那肮脏龌龊的内心被赤裸裸地展现在世人面前。

达默斯小姐从不谈论她的"艺术创作"，因为她是一位真正才华横溢的作家，并非徒有虚名之辈。她坚信世间一切（包括尤斯塔斯·彭尼法瑟爵士对这个世界的感受）都是献给她崇拜的神明的，而非献给所谓的艺术。

"从凶手的视角来看，本迪克斯夫妇卷入这场犯罪实属意外。"布拉德利先生向达默斯小姐讲解道，语气温柔得就像在指导小孩学习字母表——字母 A 后面是字母 B。"就我们目前所知，他们与尤斯塔斯爵士唯一的关联就是本迪克斯先生和他同属彩虹俱乐部。"

"我无须告诉你们我对尤斯塔斯爵士的看法，"达默斯小姐评价道，"你们谁要是读过《灵与肉（肉身与魔鬼）》，就清楚他在我眼里是个什么样的人了。我之前研究过这个人，我不认为他会有所改变。当然，我说的话也不绝对正确。我还挺想听听查尔斯公爵对他的看法，不知道会不会与我的不谋而合。"

查尔斯公爵显然没有读过《灵与肉》，他脸上露出一丝尴尬。"总探长对他的评价已经相当到位了，恐怕我给不出更多看法了。我跟他也不太熟，也不希望跟他很熟。"

所有人都装作一脸无辜、浑然不知的样子。其实这已经是众所周知的八卦了——尤斯塔斯爵士和查尔斯公爵的独女曾有过婚约，可查尔斯公爵对此事大为不悦。后来听说两人突然宣告婚约，第二天又迅速取消了。

查尔斯公爵也想装作对此事一无所知。"正如总探长所言，他就是个十足的坏蛋。有些人甚至称其为无耻之徒。"查尔斯公爵直言不讳地解释道。"他还酗酒。"他又补上一句。很明显，查尔斯·怀尔德曼公爵看不上尤斯塔斯·彭尼法瑟爵士。

"我可以补充一点，纯粹是从心理学的角度，"艾丽西亚·达默斯接上他的话，"此次谋杀事件正好彰显了他的冷漠愚钝。这场悲剧才刚刚发生，而且他尤斯塔斯的名字与一个年轻女性的死有着莫大牵连，可他居然可以做到无动于衷。说实话，我听到这个都有点震惊。"达默斯小姐冷冷地补充道，"面对如此惨剧，我本以为他至少会显示出一丝难过，毕竟他躲过了一劫，别人却因此枉送了性命。就算本迪克斯夫人对他来说全然是个陌生人，他也不应如此冷漠。"

"没错，顺便提一句，我应该早点看清他的，"查尔斯公爵立即跟着评价道，"说起来，尤斯塔斯和本迪克斯夫人并非完全陌生。可能他自己都忘了曾见过本迪克斯夫人，但他们的确见过。有一晚，在一出戏剧的首演之夜（具体什么戏剧我已经不记得了），我正和本迪克斯夫人说着话，尤斯塔斯走了过来，于是我便介绍他俩认识，顺嘴提到了本迪克斯先生也是彩虹俱乐部的成员。哎呀，我都差点忘了这回事。"

"那我就完全看错他了，"达默斯小姐甚至有些懊悔，"我还是太善良了，把他想得太好了。"在达默斯小姐看来，在剖析案情这件事情上，太过善良比冷血无情还要罪大恶极。

"至于本迪克斯先生，"查尔斯公爵说得很是模糊，"我想我没什么可以补充的。他为人正直又成熟稳重。即便家财万贯，也从不见他盛气凌人。他的夫人也一样，是一位极有魅力的女性，顶多就是有些不苟言笑，有点像那种稳坐委员会席的女性。我这么说，对她并无不敬之意。"

"我看正好相反吧。"达默斯小姐立马出言相讽,因为她就是那种喜欢坐在委员会席的女性。

"不是、不是,"想起达默斯小姐那奇特的爱好,查尔斯公爵赶忙补救,"本迪克斯夫人其实也不算特别严肃,至少她还愿意打赌嘛,虽然赌注很小。"

"她还打过另一个赌呢,只是她自己毫不知情。"菲尔德·弗莱明夫人煞有介事地喊道,她已经在思索一些戏剧化的可能性。"那个赌可不小,赌注很可怕,可以说是生死赌局,可惜她赌输了。"菲尔德·弗莱明夫人总是喜欢把生活场景弄得非常戏剧化,这与她厨娘般的外表显得格格不入。

她偷偷看了一眼达默斯小姐,想在对方拿出一本书发表高见之前,赶紧说上两句自己的戏剧。

作为主席的罗杰试图将讨论的话题拉回来。"是的,她确实是个可怜的女人。不过,我们千万不能跑偏了主题。通常而言,若说被害人和命案本身毫无关联,着实令人难以相信,但本案事实就是如此。阴差阳错之下死错了人,我们关注的焦点应该是尤斯塔斯爵士才对。好了,在座的还有哪位认识尤斯塔斯爵士,对他有所了解的?或是知道什么与这宗命案相关的信息的?"

场下一片寂静,无人应答。

"那么,我们现在就站在同一条起跑线了。关于我们的下一次集会,我建议一周后举行。这样我们就有足够的时间形成自己的推论,如有必要,还可以做些调查,然后从下个星期一晚上开始,我们再连开几天会,分享成果。现在,我们开始抽签决定做报告或者分享结论的顺序。顺便征询一下意见，有没有人觉得我们一晚上可以有多个人做报告的？"

大家稍作讨论后，决定下周一开始集会，为期一周，并且为了能充分讨论，每晚只有一位会员报告。接下来又抽了签，大家按照下面的顺序分享报告：（1）查尔斯·怀尔德曼公爵；（2）菲尔德·弗莱明夫人；（3）莫顿·哈罗盖特·布拉德利先生；（4）罗杰·谢林汉姆；（5）艾丽西亚·达默斯小姐；（6）安布罗斯·区特威克先生。

听到自己最后一个做报告，区特威克先生的心情瞬间变好了。"到那时候，"他向莫顿·哈罗盖特先生坦言，"一定已经有人解开了谜团，我就无须再做分享了。"他又充满疑虑地补了一句："如果我真的要做报告的话，能不能告诉我，侦查工作从哪里着手啊？"

布拉德利先生善意地笑了笑，答应借给他一本自己写的著作。区特威克先生其实早就读过布拉德利先生的所有著作，甚至拥有其中绝大部分，但他还是非常感激地谢过了对方。

就在会议要结束时，菲尔德·弗莱明夫人还是忍不住抓住最后的机会小小飙一把戏。"唉，人生还真是福祸难料，"她对着桌对面的查尔斯公爵感叹道，"就在本迪克斯夫人过世前一晚，我还在皇家剧院的包厢里看见他们夫妇俩。（唉，是的，我一眼就认出了他们，因为他们经常来看我的戏剧首演。）当时我就坐在剧院的正厅前排，刚好就在他们包厢的正下方。说实话，人生真的比戏剧更加变幻莫测。如果当时有那么一刻我能觉察到笼罩在她身上的厄运，那我——"

"但愿，你能警告她不要碰那些巧克力。"查尔斯公爵冷冷地说，显然，他对菲尔德·弗莱明夫人说的话不以为意。

会议终于结束了。

罗杰回到了自己位于奥尔巴尼的公寓，对自己今晚的表现非常满意。他有一种感觉，这种为解决一个谜团而各显神通的做法，说不定会和解决问题本身一样有趣。

虽然他志在必得，但是他在抽签上实在运气不佳，他原本倾向的是区特威克先生的位置，因为那样的话他就可以在陈述自己的推论前知道其他竞争对手的调查结果了。他并不是要依赖别人的智慧取胜，和莫顿·哈罗盖特·布拉德利先生一样，他也已经有一套自己的推论了。只不过要是能在最终呈现自己的推论前，点评一下查尔斯公爵、布拉德利先生，尤其是艾丽西亚·达默斯小姐的作品的话（他认为这三人是俱乐部当中最聪明的），那就再称心不过了。对他来说，这次案件比以往任何一件都有趣得多，因此他迫切想找出此案的真相。

让他感到惊讶的是，当他回到公寓的时候，莫尔斯比总探长竟然在他家的客厅里等着他。

"啊，谢林汉姆先生，"总探长客气地说，"我想，你应该不介意我在这里等着跟你聊几句吧？你不急着休息吧？"

"怎么会介意呢？"罗杰说道，一边给总探长斟酒，"时间还早呢。酒够了说一声。"

莫尔斯比总探长谨慎地看向一边。

他们在壁炉前的两把皮革扶手椅上坐定后,莫尔斯比才开始慢悠悠地解释:"谢林汉姆先生,其实关于这件案子,局长交代我私下盯着你们。不是说我不信任你们,或是觉得你们不够小心谨慎什么的,而是对于一个这样大型的侦查活动,我们最好还是要知道进程如何。"

"这样的话,要是我们任何人有了新发现,警方马上就可以介入并取而用之,对吗?"罗杰笑了笑,"我看这就是官方的意思吧。"

"我们可以适时采取措施,防止你们打草惊蛇啊。"莫尔斯比纠正他的说法,语气略含责备,"仅此而已,谢林汉姆先生。"

"是吗?"罗杰对他这种说法不以为然,"你不觉得你们的保护措施其实没有必要吗?嗯,莫尔斯比?"

"说实话,我也觉得没必要,但是只要我们认为还有一丝机会破案,我们就不会轻言放弃。要知道,负责此案的法勒探长是一位很有能力的警官。"

"所以说,疯子作案、无迹可查的推论是他提出来的?"

"这也是他根据已有的线索得出的结论。谢林汉姆先生,你们俱乐部的人要是想通过查案自娱自乐一番倒也无妨,"莫尔斯比大气地说道,"只要你们愿意,也有这个空闲。"

"行吧,行吧。"罗杰不想再继续争辩。

接下来的好几分钟,他们都只是静静地抽着雪茄。

"说实话吧。"罗杰语气温和地说。

总探长一脸迷惑地看着他,说:"什么?"

罗杰摇摇头,说:"我不信,实在无法相信,你就直接实话实说吧。"

"你要我说什么啊,谢林汉姆先生?"莫尔斯比还是一脸困惑。

"说你来这儿的真实目的啊。"罗杰咄咄逼人地说,"你是来我这儿打探消息的,对吧?为了你那个没用的警场?好吧,我可要警告你,今时不同往日。别忘了现在已经不是十八个月前在路德矛斯的时候了,我更了解你了。"

"谢林汉姆先生,你怎么会有这样的想法?"这位来自苏格兰场的总探长觉得很是冤枉,不由得叹了口气,"我来这儿是觉得你可能有问题要问我,我是来助你一臂之力,帮你率先找到凶手的。别无其他。"

罗杰大笑:"莫尔斯比,我还真喜欢你,你可真是这浑浊世道里的一股清流啊。我想,你一定会对自己抓到的每个罪犯都动之以情、晓之以理,还要来一句'君今被捕,我心甚痛'吧。要是他们不信,我也一点不奇怪。行吧,行吧,既然你说今天过来是因为我有问题要问你,那我就先谢过了,请你告诉我,到底是谁想谋杀尤斯塔斯·彭尼法瑟爵士啊?"

莫尔斯比优雅地抿了一口加了苏打水的威士忌,说:"你知道我是怎么想的,先生。"

"我不知道啊,"罗杰反驳道,"我只知道你告诉我的事情。"

"我根本没有负责这个案子,谢林汉姆先生。"莫尔斯比闪烁其词。

"所以你到底觉得是谁想要谋杀尤斯塔斯·彭尼法瑟爵士？"罗杰又耐心地把问题重复了一遍，"还有，你又是如何看待警方的推论？是对是错？"

莫尔斯比被逼得没有办法，只好道出自己的想法。他神秘地笑了笑，好像心中藏着什么秘密。"好吧，谢林汉姆先生，"他缓缓说道，"我们的推论还是有用的，不是吗？至少它为我们找不到凶手提供了很好的借口，因为我们总不可能把全国都翻遍，把每一个有杀人倾向的疯子都找出来审一审吧？

"我们的推论将在两周后休庭审讯的总结中提出，相关理由和证据也会一并呈上。到时没有任何人会提出反对意见，你看到的将是法医、陪审团以及各大报刊媒体一致同意我们的推论，大家都会说这次没有抓到凶手不是警方的责任，人人皆是一片欢喜。"

"除了本迪克斯先生，只有他还没找到杀害他妻子的凶手。"罗杰补充道，"莫尔斯比，你也太会讽刺了。据你所言，我想你应该是不赞同这个'一团和气'的推论吧？那你觉得是你们的人搞砸了这个案子吗？"

罗杰前脚刚评价完，后脚就立马抛出了如此一问，弄得莫尔斯比都没来得及细想就脱口而出："我不这么认为，谢林汉姆先生。法勒是个很有能力的人，他也已经竭尽全力了，能想的办法——都想了。"莫尔斯比意味深长地停顿了一会儿。

"是吗？！"罗杰惊呼。

既然话已经说到这儿了，莫尔斯比似乎决定干脆说个清楚。

他重新在椅子上坐定，端起酒杯豪迈地喝了一大口。一旁的罗杰大气也不敢出，生怕把这即将爆出的猛料给吓回去，只是小心翼翼地盯着旁边的壁炉。

"你看，这是一个非常棘手的案子，谢林汉姆先生。"莫尔斯比说道，"法勒探长也是个见多识广的人，打从他接手这个案子，就一直保持开放的视角，哪怕在他发现尤斯塔斯爵士比他一开始认为的还要浑蛋时，他也没有摒弃过一个想法：可能是某个疯子想替天行道把尤斯塔斯爵士干掉，才给他寄毒巧克力的。听起来很疯狂，对吧？"

"你是说，疯子为了信仰杀人？"罗杰嘀咕道，"是吗？"

"实际上，法勒探长把关注的焦点放在了尤斯塔斯爵士的私生活上，这对警方来说太束手束脚了。要我们去质问一位爵士的私生活显然不是一件容易的事。不仅没人愿意帮忙，而且所有人都想极力阻挠。对法勒来说，每一条看起来有可能的路线最终都变成了死胡同，就连尤斯塔斯爵士也毫不避讳地咒骂他，让他去死！"

"站在尤斯塔斯的立场，"罗杰言语中好像很能理解尤斯塔斯，"他自然最不愿看见别人在法庭上将他的丑闻都抖搂出来。"

"是的，可本迪克斯夫人因此丢了性命。"莫尔斯比厉声反驳道，"不，虽然我承认他不是直接导致本迪克斯夫人死亡的凶手，但他也应该为此事承担部分责任，至少应该尽力协助警方调查此案。可法勒到此便无能为力，再无进展了。他也挖出过尤斯塔斯的一两件丑闻，虽然是真的，但是毫无用处——这事他从没对外说过，谢林汉姆先生，你知道我不该跟你说这些，所以请你一定保密，拜托了！"

"我对天发誓，绝不会泄露半个字！"罗杰言辞恳切。

"那好吧，接下来就只是我的个人看法。法勒探长其实是为了自保才得出疯子杀人那样的结论，局长也是为了自保才同意这个结论。如果你想追根究底，谢林汉姆先生（如果你成功了，最开心的莫过于法勒探长了），我的建议是关注尤斯塔斯爵士的私生活。这方面你比我们任何人都有机会去深入了解，因为你们属于同一阶层，你不仅认识彩虹俱乐部的会员，与他的朋友也有私交，甚至他朋友的朋友你可能也认识。"莫尔斯比总结道，"这就是我跑来给你的建议。"

"你人可真是太好了，莫尔斯比，"罗杰感到心头一暖，"真的，你人太好了，来，再喝一杯。"

"谢谢你，谢林汉姆先生。"莫尔斯比总探长说道，"那我就不客气了。"

于是，罗杰一边调酒一边思索。"莫尔斯比，你说得对。"罗杰缓缓说道，"事实上，我听了全部陈述后，也一直在想这些侦查路线。我相信，真相一定跟尤斯塔斯爵士的私生活脱不了干系。如果我迷信的话——当然我并不迷信——你知道我会相信什么吗？那就是如果说凶手错杀了人，让尤斯塔斯爵士躲过一劫是天意所为，那这位原定的受害者就一定是引出凶手、让其接受法律制裁的关键所在。"

"你真的这么认为吗，谢林汉姆先生？"这位总探长素爱讽刺,他也不是迷信的人。

罗杰似乎在很认真地思索这个想法。他说:"《概率,复仇者》,很不错的电影名,对吧?这名字却蕴含深意、暗藏玄机。

"你们警方不就经常意外地发现重要的证据吗?你们不也经常从一堆看似毫无关联的巧合中推导出正确的结论吗?我这么说并非轻视你们的侦查工作,只是感叹一份出色的侦查工作,往往在彻底破案前的关键几步需要一些运气(当然这是一份应得的运气)。这样的例子不胜枚举,比如米尔索姆和福勒一案[1]。你懂我的意思吗?这到底是运气使然呢,还是上天在替受害者报仇呢?"

"好吧,谢林汉姆先生,"莫尔斯比总探长说,"实话实说,只要能让我抓到真凶,我才不管是运气还是天意呢。"

"莫尔斯比,"罗杰大笑,"你可真是无可救药了!"

---

[1] 1896年2月14日,米尔索姆和福勒在伦敦马斯维尔山的家中,谋杀了79岁富有的退休工程师亨利·史密斯。该谋杀案已成为英国刑事史上经典的"双杀"案件之一。

第五章

查尔斯·怀尔德曼公爵之前就说过，比起心理学的胡扯瞎诌，他更关心事实证据。

对于查尔斯公爵来说，事实是昂贵的，甚至可以说是他的衣食父母。作为知名律师，他每年收入约三万英镑，这一切都得益于他对事实的操控。律师中没有人比他更能颠倒事实，明明在常人眼里（比如原告律师）不过是稍显不堪的真相，经他一番解释就全然变了味。面对事实，他毫无畏惧，随心所欲地加以利用。他可以将其颠来倒去、内外翻腾，可以从事实背后探出隐藏的信息，也可以将其开膛破肚，只为深挖错处。就算事实被他玩弄至死，他也可以与其尸身欢欣起舞，他就是要将事实挫骨扬灰，如有必要甚至可以对其死后再造，将其弄得面目全非。要是到了这时候，事实还是保留了一丝原来的痕迹，他便会以最骇人听闻的方式全力反击。倘若这招儿还是无效，那他只有祭上最后的绝招儿——在法庭上对着事实的尸身涕泗横流了。

一想到查尔斯·怀尔德曼公爵可以颠倒黑白,将原本威胁客户的事实轻松转变成唱客户颂歌的乳鸽,那作为王室法律顾问的他每年被支付如此高昂的费用也就不足为奇了。如果有读者对数据统计感兴趣的话,这里就可以再添上一句——细数查尔斯公爵律师生涯中从绞刑架上救下来的谋杀犯们,如果一个个堆叠起来,也着实有些高度了。

查尔斯·怀尔德曼公爵很少为原告现身。一是认为作为原告律师在法庭上大喊大叫有失体面,二是因为原告律师很少需要展现他们的泪水攻势。而大喊大叫和公堂洒泪是查尔斯公爵的拿手好戏。他是典型的老派律师,堪称老派律师最后的代表人物之一,他也发现这个身份让他赚了不少钱。

按照罗杰的提议,一周后众人再次齐聚。查尔斯·怀尔德曼公爵仔细环顾了一圈场上的诸位,然后推了推那副架在他大鼻子上的金边眼镜。其他人全都兴致勃勃地等着好戏开场,毕竟他们不用花钱,就可以听到一场价值一千几尼[1]的案件陈词。

查尔斯·怀尔德曼公爵瞥了一眼手中的笔记,然后清了清嗓。像他这样连清嗓都令人毛骨悚然的,恐怕在律师界也是绝无仅有的存在了。

"女士们、先生们,"查尔斯公爵一张口就让人觉得有压迫感,"要说我比在座的任何一位都对此案更感兴趣,这话应该没

---

[1] 几尼,英国旧时的金币,原先1几尼等值1英镑,亦等于20先令。

问题吧？其中的缘由我想各位早就心知肚明。尤斯塔斯·彭尼法瑟爵士的名字曾与我女儿的名字牵扯在一起。尽管他们订婚的报道属实是无中生有，但面对有人想谋杀他这样的事情，我多少还是有些私人情感在的，毕竟他也差点成了我的女婿。

"当然，我并不是想强调自己与此案有什么私人关联，对于本案，我一直秉持理性对待的态度，就如同我处理之前的案子一样。我之所以提起这些事，不过是将其视为一个理由，一个让我比在座的各位更好接手此案的理由，那就是我比你们任何人都更了解本案的关键人物，我掌握的信息自然也会让我更接近案件的真相。

"其实上周我就应该跟各位分享这些信息，可我没这么做，在此我真诚地向各位表示歉意。不过，当时我也没有意识到自己手里的这些信息会与此案的真相如此密切相关，甚至我觉得这两件事八竿子打不着。当我开始仔细琢磨这件案子，不断抽丝剥茧、梳理乱麻的时候，我才突然发现这些信息的重要性。"说完，查尔斯公爵刻意停顿了一下，以便他顿挫的余音在房间里盘旋回荡。

"现在，在这些信息的帮助下，"他一边宣告一边目光犀利地环视场上的每一位，"我想我已经解开了谜题！"

此言一出，场上立刻爆发出一阵骚动，看得出人家是真的兴奋，期待之情溢于言表。

查尔斯公爵轻轻推了推他的夹鼻眼镜，然后习惯性地晃了晃眼镜的宽边黑色链带。"是的，我敢确定我能解开这个黑色谜团，只是很遗憾,我抽中了第一个来分享调查结果,要是在我分享真相之前可以先听听其他人的推论,找出其中的错漏之处,或许这次活动会变得有趣得多。当然,前提是你们拿得出推论。

"不过,要是你们得出的结论和我的一样我也完全不会惊讶。我不过是凡人一个,天赋与常人无异,我既没有什么超能力能让证据自述真相,也不像那些专破悬案的警官、破解古怪谜团的读者,或者训练有素的侦探一样,拥有明察秋毫的能力。所以,这种情况下我还能找出凶手,说实话我还挺自以为傲的。就像我刚刚说的,我马上就要向你们证明谁才是犯下如此滔天罪行的凶手,要是有人说我能找出凶手不过是跟随他们的脚步才办到的,那我也一点不会感到惊讶。"

考虑到其他会员不可能跟自己一样聪明,查尔斯公爵终于决定不再多说废话,将话题拉回到正轨。

"接手案子的时候我脑中一直在想一个问题,而且只有一个问题——这个问题的答案直指凶手,几乎任何一件谋杀案都逃不过这个问题,而且凶手当然也知道这个问题的答案会坐实他的罪名,可他就是无法回避这个问题,这个问题就是:谁是获益者?"查尔斯故意营造出一段意味深长的沉默留白。"到底谁才是获益者?"为了让那些不太聪明的听众听懂他的话,他还特意解释了一番,"简单来说,就是尤斯塔斯爵士死了,谁能从中获利?"说完,他浓密的眉毛下露出询问的眼神,听众们也是极为配合,没人敢贸然上前为他解答。

作为一名经验丰富的雄辩律师,查尔斯公爵自己也不能贸然为听众们解答，因此他决定暂且让听众在心中保留一个大大的问号，转而聊起了其他话题。

"目前，据我所知，只有三个确切的证据，"他继续说道，这次几乎是用对话的语气，"没错，我指的就是那封伪造的信函、巧克力盒包装纸以及巧克力本身。其中包装纸唯一的用处就是上面的邮戳，至于手写体地址，我个人认为用处不大，因为任何人在任何时间都有可能写出这些字，它无法告知我们任何有用的信息。至于巧克力和盛放巧克力的盒子，我也看不出有什么作为证据的价值。或许我说的不对，但我真的看不出来。这些东西不过是一种品牌巧克力的样品，大街小巷几百家店几乎都在卖。要是真去追查它们的购买者，无疑是大海捞针。更何况这个思路警方很可能早就尝试过了。简单来说，我现在就只有两件可用的证物，伪造信和包装纸上的邮戳，而我的证据框架就是建立在这两件证物上的。"

查尔斯公爵又停顿了一会儿，好让大家都能体会这个任务的重要性。显然，他忽略了一个事实，那就是他面临的问题其实是大家共同的问题。很久没有说话的罗杰终于忍不住了，他温和地打断了查尔斯。

"所以你已经确定谁是凶手了吗，查尔斯先生？"

"我在问自己这个问题的时候，就已经给出让自己满意的答案了，几分钟前我就提到过。"查尔斯公爵回答得很自信，可惜内容含混不清。

"我明白了，你已经有了决定，"罗杰并不打算让他就这样含混过关,"如此一来,我们更有兴趣一听究竟了,这样就可以更好地向你学习如何处理证据。那么,你使用的是归纳法喽?"

"可能吧。"查尔斯公爵有点生气,他最讨厌被人挟制。

他面露愠色,沉默了好一阵子,才从罗杰的冒犯中回过神来。

"从一开始,"他继续说道,语气越发严肃,"我就知道这个任务不简单。我能用来破案的时间非常有限,而要想获知真相,大量的调查询问显然是必不可少的,偏偏时间又不允许,我想做的调查全都无法亲自进行。我思来想去,觉得破解谜团的唯一办法就是结合我手上的信息深入思考这件案子的已知证据,直到我能形成一个经得起任何推敲的推论,接着再细致地列出一些我认知以外的要点。如果我的推论是正确的话,这些要点就一定是事实。然后可以请一些人代我查证这些要点,如果这些要点都得到了证实,那么我的推论就绝无纰漏了。"说完这一长串,查尔斯公爵终于有时间喘口气了。

"换句话说,"罗杰微笑着朝艾丽西亚·达默斯附耳过去,将查尔斯的长篇大论变成了八个字,"我决定使用归纳法。"他的声音很小,除了达默斯小姐谁也没有听见。

达默斯小姐也会心地笑了笑,毕竟书面语言艺术与口头语言艺术不同。

"我已经有了推论。"查尔斯公爵郑重地发出宣告,出人意料的是,这次居然言简意赅,可能他还没喘过气来吧。

"我已经有了推论,当然这其中很多都是我的猜测,比如,最让我困惑的是凶手如何获取梅森公司的信笺。说实话,我心中的凶手不太可能拥有这个东西，更不太可能弄得到这玩意儿。我实在很难想象凶手有什么办法可以获取这张信笺而不留下蛛丝马迹，而且事后也无人起疑。可案件又的确是建立在此之上的，没有这张信笺，案情无法完成闭环。

"所以我的结论是，凶手以一种完全不会令人起疑的方式弄到了一张梅森公司的信笺，这也正是信笺卷入此案的原因。"查尔斯公爵骄傲地环顾四周，好像在期待着什么。

好在罗杰满足了他的期待："这个观点真的很有趣，查尔斯先生，你真是个天才！"其实在每个人眼里，他的这些观点不过是明摆着的事实，根本没什么好评价的。

查尔斯公爵点了点头表示同意："是的，我承认，我的推论纯属猜测，但是我的猜测最后一定会在结果中得到验证。"查尔斯公爵完全沉醉于自己超凡的洞察力中，以至于一时间竟忘了卖弄他一向偏好的冗词长句。他那硕大的脑袋在肩膀上得意扬扬地晃动着。

"我总在想这张信笺怎样才会落入一个人手中呢？事后又是否可以知晓到底是谁得到了这张信笺呢？我突然想起，很多公司都会在寄送收据的时候附上一张信笺，上边通常写着'仅以致谢'之类的话。我心中立即浮现出三个问题：梅森公司也会这么做吗？凶手会是梅森公司的客户吗？或者更准确地说，凶手是梅森公司以前的客户吗？因为这样刚好解释了为什么信笺边缘泛黄。有没有可能这张信笺上原本也有'仅以致谢'之类的话，但后来被细心地擦掉了？

"女士们、先生们,"查尔斯公爵故意压低了声音,他的脸由于太过兴奋都有些发紫了,"你们马上就会看到,这三个问题极有可能得到肯定的回答,极有可能!在我提出这些问题的时候,我就知道真相一定是这样,一定错不了!"查尔斯公爵又降低了音量,徐徐道来,"如果我的三个问题都得到了肯定回答,那我心中的嫌犯就一定是凶手,我仿佛能看见他往那些巧克力中注入毒剂的场景。"

他又停了片刻,认真地环顾一圈听众,好将所有人的目光都聚集在自己脸上。

"女士们、先生们,这三个问题的确得到了肯定的回答!"

雄辩是一门强大的艺术。罗杰深知查尔斯公爵只是习惯性地将自己在法庭上的那一套陈词滥调用在了他们身上。他甚至感觉查尔斯能在"女士们、先生们"前忍住不说"陪审团的"这几个字已经很不容易了。好在大家早就预料到了这一点。查尔斯公爵准备了一个超棒的故事要分享,对于这个故事,他自己更是深信不疑。多年的律师生涯让他形成了一套自成一派的叙事风格,罗杰对此并不反感。

真正让罗杰不爽的是,他自己也一直循着这条线索在苦苦探索,而且也对自己的推论信心十足,所以对于查尔斯暧昧不明的讲述方式,他一开始还觉得甚是有趣,听着听着,他就越发觉得自己逐渐被查尔斯的浮夸言辞影响。尽管他也知道对方浮夸的言辞很廉价,但就是忍不住心神动摇。

真的只是查尔斯公爵浮夸的言辞让罗杰对自己的推论心生怀

疑吗？查尔斯公爵看似不着边际的讲述背后其实有着确凿的事实基础。虽然他可能看似是一个华而不实的老家伙，但绝对不是什么傻子。一想到这里，罗杰就开始觉得浑身不自在，毕竟他自己的推论里也有一些不甚明朗的地方。

随着查尔斯公爵的讲述，罗杰的隐隐不安逐渐变成了明显不快。

"一定错不了，我已经通过一名侦探查得梅森公司就是这样做的！这家老牌公司通常会给他们的顾客（当然九成是他们的批发商）致函以示感谢，而且只在信笺的中央打上几个字。我敢确定凶手曾跟梅森公司有过交易往来，而且一定是五个月前，在那次结清账目之后就再没有从梅森公司订过货。

"不仅如此，我还特意抽出时间亲自去了一趟苏格兰场，目的就是再次检查那封信。从信笺的背后看去，虽然不易察觉，但我还是发现了之前打印文字的痕迹，而且就在信笺的中央位置。后来打上去的文字特意将其中的一行从中间开始删减，目的就是让后来的文字在长度上与之前的刚好一致，这样就可以实现完美覆盖，让人无法看出是擦除原文字后再打印上去的。此外，从这些文字上还可以看出凶手用了不少心思，信笺被反复揉搓、卷折、铺平又弄皱，这样一番操作下来，不仅彻底清除了原先的打字机油墨，就连打字机打印时留下的凹痕都消失了。

"这无疑证明了我的推论是正确的，甚至可以说是铁证如山。随即，我又开始整理之前想到的其他疑点。时间紧迫，所以我不得不寻求外援。我找了至少四家侦探公司，都是靠得住的，然后给他们分配了任务，替我寻找我需要的数据。这样一来，不仅节省了宝贵的时间，而且将所有有用的信息都尽数收于我手。说实话，我也是费了心思的，我把调查工作做了细致划分，这样就可以防止任何一家侦探公司猜出我的真正意图。说实话，在这点上我自认为还是做得很成功的。

"我关心的第二件事就是邮戳。在我的推论中，有必要证明犯罪嫌疑人曾在那个时间点出现在信件投递处。你可能会说，"查尔斯公爵一边说，一边在兴致勃勃的听众中寻找"徒劳的反对者"，显然，他挑中了莫顿·哈罗盖特·布拉德利先生来扮演这个角色，"你会说，"查尔斯公爵对着布拉德利先生严厉地说道，"这可不一定，也有可能是某个人在不知情的情况下不小心成了共犯，受凶手的委托投递的。这样一来，真正的凶手就有确凿的不在场证明了。你还会说，我心中的那个犯罪嫌疑人根本就不在国内，对他来说，找个可能前往英格兰旅行的朋友代为投递，显然会让此事变得容易得多，而且省下了一笔不菲的跨境寄送包裹的费用。

"但我不同意这个观点，"查尔斯公爵对布拉德利先生喊道，语气更严厉了，"我也考虑过这种可能性，但我相信我心中的那个犯罪嫌疑人不会冒这么大的风险。因为如果是找朋友代为投递的话，第二天朋友读报纸的时候肯定会想起自己做过的事，这将是无法避免的破绽。

"所以，"查尔斯公爵总结道，语气之重犹如雷霆万钧压迫着布拉德利和众人，"我坚信犯罪嫌疑人一定明白这个道理，在包裹最终投递进邮筒之前是绝不能让他人经手的。"

"不过,"布拉德利先生一副学院派的口气,"万一彭尼法瑟夫人的这位朋友根本就是她的同伙呢?你考虑过这种情况吗?"布拉德利先生本无意回复,明显查尔斯公爵的这一番言论是冲他来的,所以他只好礼尚往来地评价几句了。

听到这话的查尔斯公爵气得脸色铁青。原本他还在为自己故弄玄虚、刻意隐瞒犯罪嫌疑人名字的说话方式沾沾自喜,一心想着等到案情得以证实的时候再给大家一个惊喜,好让自己的讲述听起来像一个真正的侦探故事。没想到,这该死的二流作家把他好好的计划全毁了。

"先生,"他以塞缪尔·约翰逊[1]的口吻说道,"我必须提醒你,我可从没有提过任何人的名字。你这样轻易就指名道姓实在是太草率了。别忘了有一条法律是中伤罪哦。"

莫顿·哈罗盖特·布拉德利先生露出了他那不可一世的笑容(他就是这样一个令人无法忍受的愣头青)。"是吗?查尔斯公爵!"他一边嘲讽,一边不以为然地捋了捋自己嘴唇上的小胡须,"我又不打算写一本关于彭尼法瑟夫人谋杀亲夫的小说,另外,你说的应该是诽谤罪吧?"

查尔斯公爵想说的就是诽谤罪,恼羞成怒的他眼睛涨得通红,仿佛团团火焰要将布拉德利先生整个吞噬掉。

好在罗杰及时解围。这两人剑拔弩张,犹如针尖对麦芒,要

---

1 英国散文家,诗人。

是真斗起来真别有一番看头。犯罪研究俱乐部成立的初衷是为了调查案件，而不是为了制造案件。对于争斗的两人，罗杰谁也不偏袒，这两位各有妙趣，他自然谁也不讨厌。可在布拉德利先生眼中，情况就完全不一样了，他眼中的罗杰和查尔斯公爵都很令人反感，尤其是罗杰，明明是个绅士，偏偏装成纨绔，这种行为刚好与自己背道而驰，所以布拉德利自然看不惯他了。

"听你这么说我很高兴，查尔斯公爵，"罗杰缓缓说道，"这也的确是我们必须考虑的事。依我看哪，要是我们在诽谤罪上争执不休，破案就没法推进了，您说是不是？"

查尔斯公爵稍稍缓和了怒气。"要在这点上达成一致的确很难。"他表示赞同，此刻他体内的律师精神已然压制了凡人的愤怒情绪。作为一名天生的律师，他会为了一个真正棘手的法律问题放弃对一些细枝末节的追求，甚至信念都不算什么，这种不顾一切就好比一个爱美的女人即便走进厨房也一定会穿上最精致的内衣，化上最美丽的妆容。

"我的意思是，"罗杰小心翼翼地说，生怕触碰到法律的敏感地带（对一个外行人来说，做出这个提议还真是大胆），"我们应该跳过这个法律问题。"他快速地补了一句。对查尔斯公爵而言，这是要他宽恕亵渎法律的行为，所以他浓密眉毛下露出了痛苦的神情。罗杰觉察到了他的表情，立即补充道："我的意思是，我们应该达成共识，那就是在这间屋子里大家可以畅所欲言，就好像朋友间那样无所顾忌地聊天，或者——不能心怀成见，又或者我们无须太在意这个法律名词是什么。"罗杰说得磕磕巴巴，总之算不得一场高明的讲话。

不知道查尔斯公爵有没有听进去，只见他的双眼透出一种迷蒙的感觉，嘴上嘟嘟囔囔地，好像一位上诉法官在念着官方文件。"众所周知，诽谤罪，"他喃喃说道，"就是指口出恶言的当事人让自己处于公开受审的境地，因为他必须为自己伤害对方的行为承担相应的法律责任。在这种情况下，被告人很有可能被判定为犯罪或行为失当，要被处以罚金，而且对方在经济上的损失还不需要证明。诽谤罪是一开始就认定成立的，即使想要澄清事实，也要由被告一方来举证。这样一来我们的局面就很有趣了，一桩诽谤罪的被告在本质上是另一桩谋杀案的原告，这——"查尔斯公爵一脸困惑地讲道，"我还真不知道接下来会发生什么了。"

"呃，言论自由权呢？"罗杰弱弱地问道。

"当然，"查尔斯公爵完全不理会他，"对于被告当时所用的字眼是否有超出表层意思的其他含义，原告也必须给予证明，否则原告的诉讼请求也会被驳回。所以，除非现场有笔录，以及目击证人的签名做证，否则起诉也是很难成立的。"

"言论自由权呢？"罗杰还在不停地嘟囔着，语气近乎绝望。

"还有另外一种情况，"查尔斯公爵整个人神采飞扬，"那就是在某些特殊场合下，被告可能具有非常合理的动机，或者自信自己掌握了真相，才口出貌似诽谤或虚假之言。如果是这种情况，事情就得反过来办了，换成原告必须向陪审团证明此言不实，纯粹是被告心怀恨意而为。要真是这种情况，法庭一般会考虑公众利益，这就是所谓的——"

"言论自由权！"罗杰几乎是喊出来的。

查尔斯公爵瞪了他一眼，双眼泛红犹如恶魔之瞳。但这次他总算听进去了。"我正要说这个，"他责备道，"在我们这件案子里，我不认为公众言论自由权的辩词会被接受。至于私人言论自由权，这个边界就很难界定了。要是我们申辩自己在这里的所有言论都只是私人谈话，这似乎也不太可信，因为我们犯罪研究俱乐部到底是一个私人的还是公众的集会还不好说。"查尔斯公爵饶有兴趣地继续阐述自己的观点："无论是哪一种都说得通，甚至你说这是一个公开场合的私人集会，又或是私下的公众集会，也都说得通，总之这是极具争议的一点。"查尔斯公爵晃了晃他的眼镜，仿佛是在强调这件事的争议之大。

"我敢说，"查尔斯话锋一转，"总体上我们还是有理由证明自己是站在一个合理角度去争取言论自由权的，因为我们的讨论完全不存在蓄意伤害或者心怀恶意，纯粹只是出于一种道德或者社会责任感——虽然不见得一定合乎法律。我们所说的每一句话都是基于真相和公众利益的。不过，我还是要说一句，"查尔斯公爵闪烁其词的老毛病又犯了，仿佛害怕自己最后也不小心栽了跟头，"凡事无绝对，稳妥起见，最明智的做法还是避免直接提到任何名字。我们也还是有一些不会造成误解的方式的，比如我们可以用一些标志，或者模仿一些标志性行为来代指我们心中的犯罪嫌疑人。"

"也就是说，"罗杰主席继续纠缠道，他的话语柔弱，意志却异常坚定,"总体而言,你认为我们是拥有言论自由权的,对吧?我们可以放心地提任何名字,对吧?"

查尔斯公爵用眼镜象征性地画了一个圆圈。"我想,"他的语气相当严肃(毕竟作为一名大律师,要是他在法庭上说出这些话,俱乐部可是需要为此支付好大一笔费用的。而且真付了费,那他说话绝不会这般含糊其词),"我想,"查尔斯公爵说,"我们或许可以一试吧。"

"好极了!"主席终于松了一口气。

第六章

"我敢说,"查尔斯公爵继续说道,"关于谁才是凶手这件事,你们当中很多人的结论会与我如出一辙。在我看来,这件案子简直就是另一桩经典谋杀案的翻版,两件案子出奇地相似,没错,我说的就是'玛丽·拉法吉案'。"

"啊!"罗杰很是惊讶。一想到自己居然没有注意到这两件案子中如此明显的相似之处,罗杰就不安地扭动了一下身体。现在别人这么一说,他立即觉得的确如此。

"两件案子中都有一位妻子,被指控给丈夫寄送了有毒的物件。至于这物件是一盒蛋糕还是巧克力,这并不重要,它或许不是用来——"

"但是头脑正常的人都不会认为玛丽·拉法吉有罪。"艾丽西亚·达默斯小姐打断了他的话,语气出奇地柔和,"不是已经证实了蛋糕是一个工头之类的人送的吗?好像叫丹尼斯,不是吗?

他的动机可比玛丽·拉法吉大多了。"

查尔斯公爵严厉地看向她:"我说了,是被指控寄送,我只是陈述事实,并没有表达自己的观点。"

"抱歉。"达默斯小姐满不在乎地点了点头。

"总之,我指出这其中的巧合自有我的道理。现在让我们回到正题,这两件案子一对比,问题就出来了。"查尔斯公爵一下子变得异常客观,"有没有可能根本就不是有人无意中做了彭尼法瑟夫人的帮凶,而是她确有同伙联合作案?我一直对此心怀疑虑。现在,我已经确信事情根本就不是那么回事,整件事情不过是她一个人自导自演罢了。"查尔斯公爵停顿了一下,好像在等待大家的质疑。

罗杰立即心领神会地提出疑问。

"她是怎么办到的呢?查尔斯公爵。我们都知道案发时她正在法国南部,警方也调查过,情况属实,她完全有不在场证明啊!"

查尔斯公爵自信地朝他笑了笑:"她之前的确是有完美的不在场证明,不过已经被我识破了。"

"下面才是事情的真相。在包裹寄送的前三天,彭尼法瑟夫人就离开了芒通,表面上她是去了阿维尼翁(法国东南部城市),在那儿待了一周,一周后又回到了芒通。在阿维尼翁的酒店登记处有她的签名,她也有酒店入住收据证明,一切看起来都合情合理。唯一令人起疑的事就是,她这趟阿维尼翁之旅并没有带上自己聪明伶俐、举止得体的女仆,因为酒店的入住账单上只有她一个人的记录。可是这名女仆也没有待在芒通,难道她凭空消失了不成？"查尔斯公爵愤怒地质问道。

"哦。"区特威克先生若有所悟地点头表示赞同，他一直听得非常认真，"我明白了，真的是心思缜密。"

"的确是心思缜密。"查尔斯公爵志得意满地回应着，仿佛别人是在夸他一般，"女仆顶替了女主人的位置，而女主人则偷偷潜回了英格兰。此事我已经证实过了，确认无疑。我给一位侦探打过电话，要他按照我的指示给阿维尼翁的酒店老板出示一张彭尼法瑟夫人的照片，并问他照片上的人是否到酒店入住过。酒店老板表示从未见过此人，然后我又让侦探给老板看了一张女仆的照片，老板立即认出她是'彭尼法瑟夫人'。这下我的另一个'猜测'也得到了证实。"查尔斯公爵心满意足地往椅背上靠去，同时晃了晃眼镜，为自己的机智感到叹服。

"那么，彭尼法瑟夫人确有帮凶咯？"布拉德利先生喃喃低语的模样好像是在跟一个四岁小童讨论《三只小熊》。

"准确地说，她是一名无辜的帮凶，"查尔斯公爵反驳道，"我派去的侦探巧妙地询问过这名女仆，从她的口中得知女主人告诉她自己要去英格兰处理一件急事，而她今年在英格兰停留的时间已经超过半年了，如果要再次入境的话就必须支付英格兰所得税了，这可是一笔不小的费用。于是她提出了蒙混过关的想法，并想花钱买通女仆，不用想，女仆自然是答应了这笔交易。这招儿实在是心思缜密。"说完，查尔斯公爵又停了下来，面带笑容地环视四周，等着接受众人的赞美。

"你真是太聪明了，查尔斯先生。"见无人回应，艾丽西亚·达默斯小姐小声地打破僵局。

"可惜我没有她待在国内的实质证据,"查尔斯公爵略带遗憾地说道,"所以从法律的角度来说,就本案起诉她还无法成立,但寻找证据是警方的事情。除了这一点,我认为我的案子已经破解了。很遗憾,但我不得不说,彭尼法瑟夫人就是谋杀本迪克斯夫人的凶手。"

查尔斯公爵说完,场上陷入了好一阵沉默。大家明明都满腹疑问,却没有人率先发问。罗杰凝视着半空,仿佛在追寻自己那只野兔的踪迹。就目前的情况来看,毫无疑问,查尔斯公爵的确证实了自己的推论。

安布罗斯·区特威克先生鼓起勇气,打破了沉默。"祝贺你,查尔斯先生,你的推论真的是相当精彩。只是有一个问题我一直不解,那就是凶手的作案动机。彭尼法瑟夫人已经在跟尤斯塔斯爵士办理离婚手续了,为什么还想要置他于死地呢?难道她是担心这婚离不成吗?"

"当然不是,"查尔斯公爵温和地答道,"相反,正是因为她确定这婚一定会离才想要杀了对方的。"

"那我——那我就不太明白了。"区特威克先生结巴起来。

查尔斯公爵故意卖关子,让大家困惑了好一会儿才纡尊降贵来为大家释疑。他还真有演说家那种营造氛围的本事。

"我在刚开始陈述的时候就提过了,我是因为知道了一件事才得到这最后的结论的。现在我准备将它公之于众,还请各位保密,切不可外传。

"关于尤斯塔斯和我女儿要订婚的事,我想各位早有耳闻,那么接下来我要告诉你们的事也就算不上泄密了。其实就在几个星期前,尤斯塔斯爵士跑来找我,正式向我提出请求,一旦他妻子的离婚判决宣布(六个星期后双方对离婚无异议,判决即生效),就请我马上同意他们的婚事。

"我们会面的过程我就不细说了。这其中与本案密切相关的信息是,尤斯塔斯爵士曾明确表示妻子不愿意跟他离婚,而最后他能如愿离婚纯粹是因为他签下了一份于对方十分有利的遗嘱,其中包括了他在伍斯特郡的房产。他的妻子自己本有一份收入,但是不多,尤斯塔斯爵士答应离婚后在能力范围内给予她一定补助。只是尤斯塔斯爵士的房租收入几乎全部用来缴纳不动产的抵押利息了,再加上其他花销,显然,他能给的补助不会太高。不过,根据他妻子的婚姻财产协议,他买了高额寿险,他的房产抵押也类似于一种养老保险,要等到他身亡才无须缴纳抵押利息。因此,正如他所言,他能给我女儿的就所剩无几了。

"换作是你,"查尔斯公爵认真地说,"也会紧紧抓住这个重要信息的。根据当时那份遗嘱,说句不好听的,只要丈夫一死,彭尼法瑟夫人就会成为一位富婆。但是流言很快传到她耳中,只要她和丈夫一离婚,对方就会立马另娶他人。而这男人一旦娶了新老婆,难保不会另立一份新遗嘱。

"从她接受贿赂式的遗嘱来交换离婚要求的这件事来看,此人的品性已经显露无遗,明摆着她就是个贪婪的女人,对钱财贪得无厌。于是,谋杀便成了她唯一的下一步计划,也是她唯一的希望所在。"查尔斯爵士总结道,"我想,我的意思已经表达得很清楚,没必要再多说什么了。"说完,他又故意晃了晃眼镜。

"你的推论听起来真的很有道理。"罗杰不禁轻叹一口气,赞叹道,"你打算把这些信息交给警方吗,查尔斯先生?"

"要是不这么做,那才是真的违背了作为公民的职责。"查尔斯公爵回答道,浮夸的语气毫不掩饰他的志得意满。

"哼!"布拉德利先生显然不满意查尔斯公爵的推论,"那巧克力怎么说?在你的推论中,她是在这里准备的巧克力,还是从别处带过来的?"

查尔斯公爵满不在乎地摆摆手:"这重要吗?"

"我认为不管怎么样,弄清楚她和下毒之间的联系是很有必要的。"

"你说的是硝基苯?有人认为这些巧克力可能是她买来的,毕竟要办这件事并不难。事实上,与其他细节上的处理一样,选择下毒正体现了她心思缜密。"

"我明白了。"布拉德利先生摸了摸山羊胡,挑衅地看着查尔斯公爵,"查尔斯先生,其实你自己也心知肚明,你根本没有找到实质的证据来证明彭尼法瑟夫人有罪,你只不过是证明了她有作案的动机和机会。"

布拉德利话音刚落,立即有人站出来表示支持。"说得没错!"菲尔德·弗莱明夫人喊道,"这也正是我想说的。查尔斯先生,就算你把这些信息交给警方,我想他们也不会感谢你。因为正如布拉德利先生所言,你并没有证明彭尼法瑟夫人有罪。我敢确定，你一定全部搞错了。"

　　惊闻此言，查尔斯公爵整个人都怔住了，瞪着双眼，好一阵子才蹦出几个字："全搞错了？！"显然，他从未想过这种可能性。

　　"好吧，或许我应该说——全错了。"菲尔德·弗莱明夫人修正了说法，语气极为冷淡。

　　"但是，弗莱明夫人——"查尔斯公爵一时间竟不知如何措辞，"但是，为什么呢？"他无力地求助道。

　　"因为我很确定。"菲尔德·弗莱明夫人很是不满地驳了回去。

　　看着双方你来我往的争辩，罗杰的内心也出现了一些变化。一开始，他被查尔斯公爵的言之凿凿和强大气场迷惑，几乎相信了对方的推论，但现在他又动摇了，开始倒向另一边。唉，看来全程只有布拉德利先生头脑始终清醒，他说得没错。查尔斯公爵的推论中的确有几处错漏，假如他是彭尼法瑟夫人的辩护律师，他自己就能指出这些漏洞来。

　　"当然，"罗杰出来打圆场，"彭尼法瑟夫人出国前在梅森公司的客户名单上一点也不奇怪。自然，梅森公司在寄送收据时附上一张致谢信笺也不足为奇。正如查尔斯所言，很多有名的老店都有这样的惯例。所以写信的那张纸之前就是用来做致谢信笺的，如果你细想的话，这一点不仅不奇怪，反而很明显。不管凶手是谁，他都要拿到这张信笺，这是不争的事实。但是，查尔斯先生最初的三个问题恰好都得到了肯定的回答，这听起来确实有点太巧了。"

查尔斯公爵好像一头受伤的公牛，掉转方向冲向这位新对手。"但这种可能性就是非常大！"他咆哮道，"如果这都是巧合，那也是我见过的最不可思议的巧合！"

"唉，查尔斯公爵，你这是先入为主的偏见，"布拉德利先生温和地提醒他，"你太夸张了，知道吗？你这概率微乎其微（百万分之一），我却有十分把握。排列组合计算概率，你到底懂不懂？"

"去你的排列！"查尔斯公爵立即斗志昂扬地反驳，"去你的组合！"

布拉德利先生扭头看向罗杰。"主席大人，不知道会员侮辱另一位会员的内衣合不合俱乐部的规矩[1]？而且，查尔斯先生，"他朝那位正火冒三丈的斗士加了一句，"我也不穿这玩意儿，打从我出生起就没穿过。"

为了保住主席的尊严，罗杰自是不能加入满场的窃笑中。同时，为了维护俱乐部的利益，他也必须出来调停争端，平息风波。

"布拉德利先生，你有点跑题了，不是吗？查尔斯先生，我并不想推翻你的推论，或者贬损你精彩的辩护方式。如果你的理论真的站得住脚，就必须经得起各种质问和议论。老实说，我觉得你太在意这三个问题的答案了。你说呢，达默斯小姐？"

"我同意。"达默斯小姐回答得很干脆，"查尔斯公爵如此在

---

[1] 原文"combinations"既是数学术语"组合"，又可指（旧时）衫裤相连的内衣。

意这三个问题,让我立马想到侦探小说家爱用的伎俩。如果我没有记错的话,查尔斯先生曾说要是这些问题都得到了肯定的回答,他敢断定嫌疑人就是凶手,就如同自己目睹凶手往巧克力里下毒一般,而他敢如此断定,仅仅因为这三个问题恰巧全部得到肯定答复的概率很大而已。换句话说,他只是提出了一个强有力的推测,并没有实质性的证据支持。"

"这就是侦探小说家的惯用伎俩,对吧,达默斯小姐?"布拉德利先生问道,脸上露出宽容的笑容。

"通常是这样的,布拉德利先生。我经常在你的书中看到这种现象。你越是把一件事说得斩钉截铁、言之凿凿,读者就越不会质疑你。比如,小说中的侦探会说:'这是一个装有红色液体的罐子,那是一个装有蓝色液体的罐子。如果两罐都证实是墨水的话,那么它们就是买来给图书馆里的空墨水瓶做补充用的。'但是,红墨水也有可能是女仆买来染衣服的,蓝墨水则是秘书为他自己的钢笔买的,诸如此类的解释可能有上百个,但这些其他可能性都被侦探悄无声息地忽略掉了。仔细想想,现在的情形不是一模一样吗?"

"说得太好了,"布拉德利先生表示赞同,一点也没有觉得被冒犯,"不在一些无关紧要的事情上浪费时间,直接大声告诉读者他的想法,他自己还感觉良好。你真的是完美地抓住了其中的窍门。你何不自己动手写本侦探小说?你应该知道,写这个很赚钱的。"

"哪天有时间试试。不管怎样,我都要为你说句公道话,布拉德利先生，你书中的侦探的确称得上侦探。不像我读过的大部分侦探小说，里面的侦探都只是呆呆地站在一旁，等着别人来告诉他谁是凶手。"

"谢谢你，"布拉德利先生说道，"看来，你是真的在读侦探小说喽，达默斯小姐？"

"当然，"达默斯小姐干脆地答道，"为什么不呢？"她三两句就把对方的激将打发了。"关于信件本身呢，查尔斯先生？上面打印的字呢？你一点也不在意吗？"

"就细节来说，这些当然要考虑，我只是讲述了这个案件的大概轮廓。"此刻，查尔斯公爵不再剑拔弩张，"至于那些令人信服的证据，我想警方自然能够找出来。"

"要找出宝琳·彭尼法瑟与打印那封信的打字机之间的关联，恐怕警方也不太容易办到。"菲尔德·弗莱明夫人依旧言辞犀利。

这番话显然是冲着查尔斯公爵来的。

"但是这动机，"他开始采用防守姿态辩护，"不可否认！"

"查尔斯先生，您是不认识宝琳——彭尼法瑟夫人吧？"达默斯小姐表示质疑。

"我不认识。"

"看得出来。"达默斯小姐评价道。

"看起来你不同意查尔斯先生的推论，是吗，达默斯小姐？"区特威克先生壮着胆子问了一句。

"我的确不赞同。"达默斯小姐强调。

"可以请教你原因吗？"区特威克先生再次大胆提问。

"当然。我的理由怕是没有任何可以置疑的空间，查尔斯先生。谋杀案发生的时候，我本人正在巴黎，而差不多就在巧克力包裹被投递的时刻，我正在歌剧院大厅和宝琳·彭尼法瑟聊天呢！"

"什么？！"查尔斯公爵几乎是惊叫出来，他窘迫极了，此刻，他自认为完美的那套推论瞬间在他耳边破碎崩塌。

"我应该为没有提前告知你这个重要信息而道歉。"达默斯小姐的语气极其平静，"我只是想看看你会把她推演成什么样子。说实话，我真的要为你祝贺，毕竟就归纳推论来说，你的推演真的非常精彩。要不是我恰巧知道你的论点是全都建立在错误的基础上的，我还真被你说服了。"

"但是，如果她前往英格兰没有别的意图，为什么要弄得如此神秘呢？为什么——还要叫女仆冒充她呢？"查尔斯公爵仍旧不解。他嘴上结结巴巴，思绪却像飞机螺旋桨似的转个不停，这会儿差不多已经从皇家歌剧院飞到特拉法尔加广场了。

"噢，我可没说她没有别的意图，"达默斯小姐漫不经心地反驳道，"尤斯塔斯爵士又不是唯一等着离婚然后再婚的人。在手续办理期间，宝琳也的确觉得自己没必要浪费宝贵光阴，毕竟她也不年轻了。而且，你难道不知道有一种职业叫作王室代诉人[1]吗？"

很快，作为主席的罗杰就出面宣布暂时休会，因为他可不想看到有会员在他的俱乐部中风身亡。

---

[1] 王室代诉人（King's Proctor），在请求解除婚姻关系或宣布婚姻无效的案件中，王室代诉人可以根据总检察长的指示和法院许可，介入诉讼。

第七章

菲尔德·弗莱明夫人很紧张,真的很紧张。

在罗杰请她分享推论前,她漫无目的地翻动着笔记本,似乎很难耐着性子听完罗杰准备的开场白。私底下,她早已向达默斯小姐断言自己的推论绝对是本迪克斯夫人命案的正确解答。既然掌握了如此重大的信息,一般人都会认为这场报告是菲尔德·弗莱明夫人一生中大出风头的天赐良机,只可惜她自己没能好好把握。如果她不是菲尔德·弗莱明夫人,就会有人说她上不了大台面。

"你准备好了吗,菲尔德·弗莱明夫人?"觉察到她的异样,罗杰询问道。

菲尔德·弗莱明夫人调整了一下她那与自己不相称的帽子,揉了揉鼻子(因为未施粉黛,所以这样习惯性的动作并未让鼻子脱妆,只是泛起了窘迫的潮红),然后偷偷看了一眼场上的众人。

罗杰继续惊讶地注视着她。灯光下，菲尔德·弗莱明夫人分明在颤抖。由于某些不为人知的原因，她是带着抵触的情绪进行这个任务的。厌恶之深甚至让她不愿意接受这个任务。

她清了清嗓子，紧张地说道："我实在是不愿意做报告，"她的声音很小，"昨天晚上我几乎没睡，很难想象还有什么东西会比这个更让我厌恶的。"她停顿了一下，舔了舔发干的嘴唇。

"啊，不会吧，菲尔德·弗莱明夫人，"罗杰觉得自己有必要给她一些鼓励，"其实我们都一样，你知道的。而且我听说，你在某个剧作的首演之夜发表了极其精彩的演讲。"

菲尔德·弗莱明夫人看着他，一点也没感觉受到鼓励。"我说的根本不是这个，谢林汉姆先生。"她很不客气地反驳道，"你根本不知道我背负了多大的压力。自从我知道了一些内情，我就感觉有责任将它们通通说出来。"

"你的意思是，你已经解决这个谜团喽？"布拉德利先生用轻佻的语气问道。

菲尔德·弗莱明夫人看向他，眼神阴郁。"实在是不好意思，"她的声音有一种女性特有的低沉，"我的确解开了谜团。"话语中，菲尔德·弗莱明夫人恢复了自信。

她翻阅了一会儿笔记，然后以一种坚定的口吻说道："我向来是以专业的眼光来看待犯罪学的。对我来说，它最大的好处就是可以为我提供丰富的剧作素材。无法避免的谋杀，命中注定的受害者，下意识地抗争命运却只是徒劳；被命运驱使的凶手，起初无意中的举动，后知后觉的醒悟终是走向宿命的结局；还有隐藏的动机，或许受害者和凶手都不知情，却一直在推动着命运的车轮。

"我总感觉，发生在人身上的事数谋杀案最富有戏剧性了，而且其戏剧性远不只激情杀人的动作和案情本身的恐怖感那么简单。在这个案件中，你可以看见易卜生式的戏剧成分，因为我们必须弄清楚如同命运安排一般共现的数个场景；你也能在旁观者情绪高涨时经历的灵魂净化中，看到埃德加·华莱士[1]的戏剧风格。

"这种情况下，一切看起来就顺理成章了，我不仅在审视此案时会从自身职业立场出发（当然，我绝不会为了戏剧效果凭空捏造一些情节），就连寻找案件真相时我也会如此。总之，不管合不合理，反正这就是我的做法，而结论也证明了我的做法是对的。我参考了古戏剧中的情形来思考本案，很快一切就变得再清楚不过了。我所说的这种情形，就是今日戏剧评论界的男士们眼中经典的'永恒三角'。

"当然，我只能从这段三角关系中的一位成员开始说起，他就是尤斯塔斯·彭尼法瑟爵士。至于其他两位，其中一位必然是女士，另一位可能是女士也可能是男士。因为，我又想起了另一个非常古老的警世箴言：'自古红颜多祸水。'然后，"菲尔德·弗莱明夫人立即变得严肃起来，"我就找到了她。"

说实话，到目前为止，她的观众们并未觉得她这番叙述有

---

[1] 英国推理小说家，有着"惊悚之王"的美誉。

何特别之处，即便是面对如此大费周章做铺垫的开场白，观众的内心依旧纹丝不动。因为大家觉得，菲尔德·弗莱明夫人不过是通过将罪犯绳之以法来凸显她的"女性有罪论"罢了。而且，她晦涩的言辞显然是为了这个场合临时背下来的，只是结果适得其反，反倒让人搞不清她想表达什么了。

本以为自己抛出的最后一条重要信息会让众人大为震惊，结果却不尽如人意，所以她继续开口时，一改那刻意营造出来的紧张口吻，变成了不加修饰的真诚，给人的印象一下子好了很多。

"我说的这个三角关系可不是老生常谈的那种，"她还不忘讥讽一下溃败的查尔斯公爵，"我从未想过彭尼法瑟夫人会是凶手。直觉告诉我，如此精巧微妙的作案一定有蹊跷之处。何况，谁说三角关系里就一定要包含一对夫妻呢？任何三个人，只要是情势使然，都可以组成一个三角关系。所以说，造成三角关系的原因是环境而非人。

"查尔斯公爵告诉我们，这个案子让他想到了'玛莉·拉法吉案'，另外从某些方面看（他可能也提到了），此案与'玛丽·安塞尔案'也有些神似。而我也联想到了一件案子，但不是上面那两个，而是发生在纽约的'莫利诺案'。在我看来，比起前面提到的两件案子，这桩案子似乎更像我们今天所讨论的案件。

"关于'莫利诺案'的细节，我想你们一定都记忆深刻。荷兰裔纽约人运动俱乐部的主席柯尼希先生收到一份寄到俱乐部的圣诞包裹，里面是一只小小的银色杯子和一瓶溴塞耳泽[1]。他认为这是有人在搞恶作剧，于是留下包装纸以便查证是谁搞的鬼。几天后，与柯尼希先生同住一栋出租公寓的一位妇人抱怨头痛，柯尼希便倒了一些溴塞耳泽给她泡水喝。没想到，这位妇人没多久就一命呜呼了。由于妇人在饮用的时候抱怨水的味道很苦，所以柯尼希也尝了一小口，结果大病一场，不过后来痊愈了。

"最后，俱乐部里一个叫莫利诺的男人被逮捕入狱了，因为很多证据都指向他。他对柯尼希先生的仇恨尽人皆知，甚至殴打过对方。不仅如此，俱乐部的另一位成员巴尼特早些时候也被谋杀了。有人往俱乐部给他寄了知名品牌的头疼药样品，他就是服用这种药物才中毒身亡的。就在柯尼希事件发生前不久，莫利诺娶了一名女子，而这名女子其实是巴尼特的未婚妻，巴尼特被害时已经与她订了婚。莫利诺对她垂涎已久，想方设法想要得到她，只是她钟情于巴尼特。后面的事你们应该都记得，莫利诺一审时被判有罪，却在二审时被无罪释放了。之后，他便疯了。

"以上就是我所说的相似案件。可以说，我们的案子简直就是由柯尼希案与巴尼特案组合而成的，其相似之处令人震惊。都是一个有毒的包裹寄到了一位男士的俱乐部，在柯尼希案中也出现了他人中毒枉死的情况，都把包装纸保留了下来，在巴尼特事件中同样也出现了三角元素（你可以发现并不是包含夫妻在内的三角关系），这种种雷同迹象实在令人吃惊。事实上，这诸多相

---

[1] 成药，一种治头痛的泡腾盐。

似之处不只是令人震惊这么简单，它一定另有深意。事情不会这么巧合。"

说到动情处，菲尔德·弗莱明夫人停顿片刻，又揉了揉她的鼻子，这次她的动作明显优雅起来。她的讲述渐入佳境，听众们也越来越进入状态了，要么惊讶不已，叹息连连，要么聚精会神，鸦雀无声，注意力完全被菲尔德·弗莱明夫人牵着走。

"正如我所言，这诸多的相似之处不只是令人惊讶这么简单，它一定另有深意。这其中的深意我稍后再做阐述。现在我想说说这些相似之处的用处。我也是突然意识到这两桩案件竟如此相似，当我觉察到这一点的时候，我就坚信这些相似之处一定能帮我找到本迪克斯夫人谋杀案的线索。我的感觉如此强烈，就好像我原本就是知情者一般。（随你怎么想）有时候我就是莫名会有这样的直觉，而且这些直觉从未让我失望过，这一次也不例外。

"我开始参照'莫利诺案'审视此案。'莫利诺案'能帮我找出本迪克斯夫人谋杀案中的关键女子吗？对巴尼特而言，案发前有没有什么端倪？巴尼特收到了致命的包裹是因为他想要娶凶手认为他不该娶之人。这两件案子已经有这么多相似之处了，难道——"菲尔德·弗莱明夫人把她那顶笨重的帽子往后推了推，结果戴得更歪了。然后，她慎重地看了一圈桌边的人，表情就像古代基督徒试图用眼神吓走一群狮子似的，"还有另一个相似之处？！"

这次大家真的震惊到了，所有人都屏息以待。其中查尔斯公爵表现得尤为明显，他那愤慨强烈的喘息声几乎与打鼾无异。区特威克先生则在一旁不安地喘着气，好像生怕查尔斯公爵和菲尔德·弗莱明夫人彼此眼神交锋后忍不住打起来，毕竟前者确曾出言威吓，而后者又完全无动于衷。

至于罗杰，此刻他也大气不敢出，心里想着，要是俱乐部中的成员——尤其是一男一女——在他眼前爆发肢体冲突的话，作为主席，他该如何应对？

布拉德利先生则是听得津津有味，全神贯注，甚至连呼吸都忘记了。在布拉德利看来，菲尔德·弗莱明夫人似乎想证明自己更擅长营造紧张刺激的氛围，对此，布拉德利一点也不介意。此刻，他只想坐在台下安安静静做个听众就好，因为即便像他这样天马行空的人，也不敢设想查尔斯公爵的女儿就是这场谋杀案的起因。这个了不起的女人真的能找出一个案子来支持如此尖锐的想法吗？要是她的想法是对的，该怎么办？毕竟现在这个听起来真像那么回事。以往听了那么多"红颜祸水"导致的谋杀案，现在为何就不可能是"祸起王室法律顾问之女"呢？天哪，越想越恐怖！

最后，菲尔德·弗莱明夫人也被自己的言论震惊了，不由得吸了口气。

在座的各位，唯独达默斯小姐镇定自若，她一直认真地听着菲尔德·弗莱明夫人的高论，脸上没有任何表情，显得十分冷静和理性。让人感觉就算她的母亲卷进此案，她也可以做到内心毫无波澜，她在乎的只是在这个过程中是否能借机彰显一下自己的聪明才智。虽然她并未意识到俱乐部的调查中正渗入私人因素，但她还是想建议查尔斯公爵对他女儿涉案的可能性尽可能保持冷静。

可查尔斯公爵根本冷静不了。从他额头凸起的青筋就可以看出，他已经压制不住心中的怒火了。偏偏菲尔德·弗莱明夫人像一只兴奋的母鸡一样，一根筋地向雷区蹦去。

"不是说好有言论自由的吗？"她像母鸡一样咯咯大叫，表示抗议，"我们之间不存在所谓的人身攻击。我们在这里提到的任何名字，不管你与他认不认识、关系如何，都应该把他当成陌生人对待。这是昨晚我们大家达成的共识，不是吗，主席先生？我们要做的是不带任何个人感情地履行自己对社会的职责！"

面对菲尔德·弗莱明夫人的逼问，罗杰竟有些不寒而栗。他可不想看到自己完美的俱乐部在这场火药味十足的争辩中分崩离析，就此溃散。菲尔德·弗莱明夫人气势十足、无所畏惧的勇气让他心生敬佩，考虑到查尔斯公爵还在这儿，他也只能徒表羡慕了，毕竟这种勇气他是无法拥有了。另外，菲尔德·弗莱明夫人也的确有权利表达自己的观点，所以除了主持公正外，作为主席，他还能怎样呢？

"完全正确，菲尔德·弗莱明夫人。"他不得不承认，只是声音听起来不够坚定。

查尔斯公爵眼中喷出的怒火几乎要将罗杰吞噬掉。得到了官方支持的菲尔德·弗莱明夫人明显士气大振，再度拿起武器开始轰炸，瞬间将查尔斯公爵的怒火引了过去。而罗杰只能紧张地看着这两位，神经紧绷，生怕两位一不小心就引发了战争。

而菲尔德·弗莱明夫人在那里不停地把玩着手中的"炸弹"，几度差点失手掉在地上，所幸每次在生死关头都有惊无险。"好吧，那我就继续了。我说的三角关系现在出现了第二位成员，按照巴尼特案类推，第三位成员又在哪里可以找到呢？参考'莫利诺案'可知，这第三位成员一定是拼命想阻止第一、二位成员结合之人。

"到这里你会发现，尽管我与查尔斯公爵推演的方式不同，但我的推论与查尔斯公爵昨晚分享的并无相悖之处。虽然没有明说，但查尔斯公爵的推论中其实也存在一组三角关系（或许他自己都没有意识到），而且这前两位成员还与我所说的三角关系中的前两位如出一辙。"

显然，菲尔德·弗莱明夫人是想要做点什么来回应查尔斯公爵的怒视，于是她选择了直接宣战。只是当她说出了事实，而查尔斯公爵既无法对昨晚的报告加以说明又无法反驳的时候，这场宣战也就不了了之了。同时，查尔斯公爵眼中的怒火也明显消退不少。似乎（从查尔斯公爵的表情就可以看得出来）三角关系的说法也没那么不可接受。

"现在我们来聊聊这第三位成员，"菲尔德·弗莱明夫人换了个姿势，继续说道，"就是在这第三位成员的身份上，我和查尔斯公爵有了分歧。查尔斯先生认为是彭尼法瑟夫人。我与彭尼法瑟夫人不熟，但是达默斯小姐与其交好，她告诉我，查尔斯公爵对彭尼法瑟夫人性格的揣测完全是错的。彭尼法瑟夫人绝不是什么刻薄贪婪之人，也绝做不出查尔斯公爵随意扣给她的那些龌龊事情。我所了解的彭尼法瑟夫人，是个甜美心善的女人，虽见多识广，却从不任意妄为。事实上，和你们有些人的看法一样，她比我说的还要好。"

菲尔德·弗莱明夫人之所以这么说，大抵是想让别人觉得她宽容大度吧，不仅可以包容无伤大雅的道德瑕疵，而且随时准备扮演度人向善的角色。事实上，为了在朋友中树立这种形象，她可谓大费周章，只可惜大家都只记得她以前对待亲侄女可不是这样。这个侄女的丈夫已人过中年，为了方便竟然在英格兰东南西北各养着一个情妇（为了谨慎起见，在苏格兰也有一个），在得知这一切后，她愤而与自己深爱的年轻男子私奔了。对于这个侄女，菲尔德·弗莱明夫人可是拒绝与她有任何牵扯。

对于朋友们的记忆，菲尔德·弗莱明夫人并不知情，她继续说道："正如我与查尔斯公爵在第三位成员的身份上意见不同，我和他找到这第三位主角的方法也不一样。关于这件案子的核心问题，也就是作案动机，我们有着完全不同的看法。查尔斯公爵想让我们相信这是一件为了谋夺利益而杀人（或是企图杀人）的案子；而我相信凶手杀人的动机没那么卑劣。我们都知道杀人这种事绝对谈不上情有可原，有时候情况偏偏就是如此。依我看，这件案子便是这种情形。

"正是根据尤斯塔斯爵士的个性，我才发现了第三位成员的身份线索。我们好好想一想，不要受任何诽谤罪的约束。马上我们就可以得出以下结论：尤斯塔斯爵士是圈子中很不受欢迎的存在。举个例子，站在一个年轻人的视角来看，他爱上了一位姑娘，那尤斯塔斯爵士就是他最不愿意这个姑娘有所牵扯的人。可以说，尤斯塔斯爵士不只是行为放荡、品行不端，他甚至不以为耻，反以为荣，这才是最严重的事。他就是个纨绔浪子，整日挥金如土、拈花惹草、肆意妄为，明明自己的妻子极富魅力又宽容大度，甚至对于一般男性的过错都可以视而不见，他却不懂得珍惜，硬是把自己的婚姻弄得一团糟。对任何一个年轻女子来说，嫁给这样一个丈夫真的是人生悲剧。

"要是这个女子恰好是另一个男人全心全意深爱之人，"菲尔德·弗莱明夫人的语气瞬间变得严肃起来，"那么站在他的角度，不用想都知道，他是绝不可能让尤斯塔斯爵士得逞的。"

"他要是个真男人的话，绝不会找不到办法。"菲尔德·弗莱明夫人补充道，此刻，她激动得脸色都有些发紫了。

她再次停了下来，留下一阵意味深长的沉默。

"第一幕，结束！"布拉德利先生侧过身，用手遮着嘴，小声地对安布罗斯·区特威克先生说道。

区特威克先生紧张地笑了笑。

第八章

查尔斯公爵从座位上站起身来,这么多年他已经养成了习惯,总是在第一段中场休息时放松身体。跟我们大多数人一样,第一段中场休息来临时,他已感到体力上有些吃不消了(如果是观看菲尔德·弗莱明夫人的戏剧,那就另当别论了)。

"主席先生,"他声音低沉,"我们就别揣着明白装糊涂了。菲尔德·弗莱明夫人是不是想说,我女儿的某个朋友才是这场谋杀案的凶手?"

罗杰无助地抬头看了看眼前气势汹汹的庞然大物,心里只希望此刻自己不是什么主席。"我真的不知道,查尔斯先生。"他辩解道,只是听着不仅无力而且很虚假。

不过,菲尔德·弗莱明夫人现在挺会为自己开脱:"我又没有指名道姓谁是这场谋杀案的凶手,查尔斯先生。"她说道,言语中带着一股清冷的高贵,只是这种高冷感显然被她那顶斜靠左耳的帽子给削弱了,"到目前为止,我只是陈述了我的推论。"

如果面对的是布拉德利先生,查尔斯公爵一定会用约翰逊式[1]的口吻直接骂回去:"去你的推论!"可现在面对的是一位女性,受制于与女性打交道必须绅士的幼稚规定,查尔斯公爵除了再度怒气冲冲地瞪着她,就别无他法了。

占了性别优势的菲尔德·弗莱明夫人立即乘胜追击,强调道:"我还没说完。"

查尔斯公爵没好气地坐了下来,嘴里依旧嘟囔着发泄不满。

布拉德利先生很想拍拍区特威克先生的后背,轻抚对方的下巴,但是他忍住了。

菲尔德·弗莱明夫人越是装得平静越是显得心虚,她宣布休息时间结束,拉开了第二幕的序幕。

"关于我所说的三角关系中第三位成员的身份,换句话说,也就是凶手的身份,我已经将推演过程分享给各位,接下来我就要向各位展示实质证据,让大家看看我的推论是如何得到支持的。我是不是说'支持'?没错,我的意思是不容置疑地证实我的观点。"

"但是,你的结论到底是什么呢,菲尔德·弗莱明夫人?"布拉德利先生语气平平地问道,"你还没有说清楚到底谁才是凶手呢,你只是暗示了凶于可能是与尤斯塔斯爵士争夺怀尔德曼小姐的情敌。"

---

[1] 指英国文学家兼辞典编纂家塞缪尔·约翰逊,其文体十分庄重。

"没错，就是这样。"艾丽西亚·达默斯立即表示同意，"就算你不想告诉我们他的名字，但是梅宝（达默斯小姐对菲尔德夫人的昵称），你就不能帮我们把范围缩小一点吗？"达默斯小姐一点也不喜欢这种云里雾里的感觉，这让她感觉对方是在敷衍了事，她最不喜欢这种感受了。而且，现在她真的很想知道菲尔德·弗莱明夫人心中的凶手到底是谁。在她看来，梅宝或许看起来蠢笨，言行举止也显得傻里傻气，但她绝不是什么笨蛋。

可梅宝似乎铁了心不肯明说："还不到时候，出于某些原因，我想先证明一下自己的推论。等会儿你就会明白的。"

"好吧。"达默斯小姐叹了口气，"但是不要弄得这样神秘兮兮的嘛，跟个侦探故事一样，我们是来解开谜团的，不是来故弄玄虚迷惑大家的。"

"我这么做自然有我的道理，艾丽西亚。"菲尔德·弗莱明夫人皱了皱眉头，然后立马回到了自己的思路上，"我刚说到哪里了？哦，证据！现在情况变得有趣了，因为我成功得到了两份重要的证据。这些证据连我自己之前都没听过。

"这第一份证据就是尤斯塔斯爵士其实并不爱——"话到嘴边，菲尔德·弗莱明夫人又犹豫了。但现在话已经说到这份儿上，犹如箭在弦上不得不发，于是只好和布拉德利先生一样干脆坦率到底，"怀尔德曼小姐。他娶她纯粹就是贪图她的钱，或者更准确地说，是想得到她父亲的钱。不好意思啊，查尔斯先生，"菲尔德·弗莱明夫人冷冷地补了一句，"你很富的事就这么被我给说出来了，希望你不会觉得我在诽谤你。毕竟这件事对我的推论实在很重要。"

查尔斯公爵低下他硕大的脑袋:"这算不上诽谤,夫人。这只是一个观点罢了,而且这也不在我的专业范畴,要跟你解释清楚估计也只是浪费时间。"

"太有意思了,菲尔德·弗莱明夫人,"趁着菲尔德夫人和查尔斯公爵唇枪舌剑你来我往的时候,罗杰赶忙插上一句,"你是怎么发现的呢?"

"我是从尤斯塔斯爵士的仆人那里问来的,谢林汉姆先生。"菲尔德·弗莱明夫人一脸骄傲地回答道,"我盘问了他,尤斯塔斯爵士对此也并不遮掩。他对这个仆人很是信赖,所以几乎无话不说。我从这个仆人口中得知,尤斯塔斯爵士希望通过再婚还清自己的债务,买一两匹赛马,甚至赡养前妻,也就是现在的彭尼法瑟夫人。总之,他想借此机会重新开始,其心可谓无耻至极。他还承诺巴克(也就是这个仆人)等到他'事成之日'还会赏其一百英镑。我无意让你不好过,查尔斯先生,但是我必须说出实情,在真相面前个人情绪必须让步。我给了仆人十英镑才套出这些信息,结果证明这可是价值千金的信息啊!"她得意地看向众人。

"你难道不觉得,从这样一个卖主求荣的人身上获取的信息不可靠吗?"区特威克先生壮着胆子表示质疑,他的笑容里带着些许歉意,"这消息的源头就有问题。我不觉得我的心腹会为了十英镑就出卖我。"

"有其主,必有其仆,"菲尔德·弗莱明夫人一语中的,"他的信息绝对可靠,他说的大部分话我都一一做了查证,所以认为其余的细枝末节也都可以相信。"

"我想再跟大家分享尤斯塔斯爵士的一件私事。虽不是什么好事,却非常能说明问题。他曾在巴哥餐厅(这事我后来也核查过)的一间包厢里试图引诱怀尔德曼小姐,目的很明显,就是想与对方结婚。(再次感到抱歉,查尔斯先生,但是我必须说出实情。)好在他的狼子野心并未得逞。那天晚上,尤斯塔斯爵士(对他的贴身男仆)还说过:'女人可以跟你结婚,但不能被霸王硬上弓。'我想,这句话应该比我说的任何话都能说明尤斯塔斯爵士的为人吧。而且,对于真心喜爱怀尔德曼小姐的人来说,他听到这样的话,可想而知他想帮助怀尔德曼小姐远离魔爪的心有多么强烈。

"这也让我找到了第二份证据。这份证据可以说是整个案件的基石,是谋杀案发生的动机所在(因为凶手就是看到了这一点),同时也是我推论的立足点。那就是,怀尔德曼小姐无可救药、毫无理性、无法自拔地爱上了尤斯塔斯·彭尼法瑟爵士!"

作为戏剧效果方面的大师,菲尔德·弗莱明夫人深谙此刻无声胜有声,于是她沉默了好一会儿,好让这个劲爆的信息深入每位听众的脑海。只是查尔斯公爵显然另有所思,并没有表现出对这个消息的震惊。

"我想问你是如何得知此事的,菲尔德夫人?"查尔斯公爵提出了质疑,话语中满是讽刺,"难道这次又是我女儿的仆人告诉你的?"

"还真是您女儿的女仆告诉我的,"菲尔德·弗莱明夫人愉快地答道,"我发现,侦查这事儿,还真是个花钱的爱好。不过,只要理由得当,花再多的钱也是值得的。"

罗杰叹了口气。眼下的情形再明显不过了,一旦他创造的苦命孩儿(也就是这个俱乐部)惨遭不测,那么俱乐部(要是那时还没有分崩离析的话)一定不是缺了菲尔德·弗莱明夫人,就是少了查尔斯公爵。至于谁会离开,罗杰自然心中有数。从专业的角度看,如果查尔斯公爵离开了真是可惜,因为他不仅是俱乐部的骨干,而且是除了安布罗斯·区特威兑先生外,这群文人墨客中唯一例外的元素。罗杰早年也参加过一些文学社团,所以他很清楚与一群靠舞文弄墨为生的人待在一起是什么感觉,这是他无法忍受的。

话说回来,菲尔德·弗莱明夫人也实在是有点咄咄逼人了。毕竟对查尔斯而言,这可是在拿自己的女儿说事啊。

"现在,"菲尔德·弗莱明夫人说道,"针对我心中这位意欲除掉尤斯塔斯爵士的男人,我已为他理出一个无法抗拒的杀人动机。事实上,这可能也是他破解困局的唯一办法。现在就让我们顺着这个匿名凶手留下的蛛丝马迹来找出真正的凶手吧。

"那天晚上,总探长让我们传阅那张伪造的梅森公司信笺时,我就仔细观察过,因为我对打字机是有些了解的,我发现信笺上的文字是通过汉密尔顿型打字机打出来的。然后,我脑中便立即浮现出一个人的名字,因为他的办公室就有一台汉密尔顿型打字机。你可能会说这是巧合,毕竟很多人都用这种打字机。或许如此，但如果很多巧合叠加在一处，那就很可能不是巧合而是事实了。

"同样的巧合还发生在梅森公司的信笺上。这个人一定与梅森公司有所关联。不知你们是否记得，三年前梅森公司卷入了一场大官司。具体细节我记不清了，但是我记得当时他们起诉了一家对手公司，你还记得吗，查尔斯先生？"

查尔斯公爵不情愿地点了点头，即便是个微不足道的信息，他好像也不太愿意帮对手这个忙。"我应该记得吧，"他简单地回答，"他们控告斐丽巧克力公司侵犯了他们的广告肖像专利权，还是我为梅森公司提出控诉的。"

"没错！谢谢你，查尔斯先生。跟我想的一模一样。太好了，我可以确定此人就是与这件案子脱不了干系。在法律层面，他帮助梅森公司打官司，那么他就一定经常出入梅森父子的办公室，自然也就有的是机会拿到一张梅森公司的信笺。那么三年后，他拥有一张梅森公司信笺的概率就非常高。不知各位还记得吗？信笺的边缘泛黄，这就意味着这张信笺可能已经被存放了三年之久。信笺上有擦除的痕迹，我想，这痕迹一定就是当年某天在梅森氏办公室讨论诉讼案时写下的笔记。这事情太明显了，一切都对得上。

"接下来就是邮戳的部分。这一点我和查尔斯先生的观点一致，我们都想当然地以为，尽管凶手很狡猾，尽管他可能急着想制造一个完美的不在场证明，但是他不太可能将这么重要的物品托付他人来投递。除非是他的同伙，这个可能性我们也完全排除了，否则托付他人投递这步操作实在太危险了，因为包裹上尤斯塔斯·彭尼法瑟爵士的名字太容易被看见了，并且事后立马就会被警方找上门。于是凶手做了精密的筹划，确信警方不会怀疑到自己的头上（就好像以往其他所有凶手一样），决定自己冒险亲自去投递包裹，同时还要为自己弄一个不在场证明。为了尽早了结这桩案件，我们完全可以将目标锁定在那天晚上八点半到九点半之间出现在滨河大道的人身上。

"令人惊讶的是，我原本以为这个环节是最难的，没想到是整个破案过程中最容易的部分了。我怀疑的那个凶手当天晚上正好在西索酒店参加一场晚宴，这场晚宴其实是他的老同学聚会。而这西索酒店，不用我说大家也知道，刚好就在南安普敦街的对面。南安普敦街邮局自然就是离酒店最近的一个邮局了。那么，还有什么比这更容易的呢？凶手趁离席的间隙溜出去，五分钟后再折返回来，这五分钟足够他投递包裹了，直到他回来都不会有任何人觉察到他这段时间的举动。"

"真是这样吗？"听得入神的布拉德利先生不禁喃喃自语。

"我还有最后两点要说明。你们还记得我一开始比较过此案与'莫利诺案'的相似之处吧。我说过这些相似之处不只是令人惊讶这么简单，它一定还另有深意。现在我就来解释这其中的深意。我想说，若只是巧合，这两件案子未免过于相似了，显然此案就是刻意模仿'莫利诺案'。如果真的是模仿，就只有一个可能了，那就是凶手本身就是一个精通犯罪史的人——或者说，凶手本身就是一个犯罪学家。这也刚好与我心中的那个凶手身份相符。

"我想说的最后一件事，就是那则登在报纸上的关于尤斯塔斯爵士与怀尔德曼小姐订婚的辟谣声明。我从尤斯塔斯爵士的仆人那里了解到，尤斯塔斯爵士本人并未发布过那条声明，怀尔德曼小姐也没有。对于那条声明，尤斯塔斯爵士很是气愤，因为没有人问过两位当事人的意见，声明直接就被发布出来了，而这一切都是我心中的那个凶手干的。"

布拉德利先生放下环抱在胸前的双手，问道："那硝基苯呢？他是如何弄到硝基苯的？"

"这点是我与查尔斯先生极少数观点相同之处。我不认为有必要，或者有可能弄清楚他是如何得到硝基苯的，毕竟这东西太常见，随处都可以买得到，要办到这件事没有任何难度，也不会引起别人的注意。"

很明显，菲尔德·弗莱明夫人在努力克制自己。她的话语如此平静且公正，这也是她一直试图达到的效果。但是她每说出一句，维持这种效果的难度就加大一层。菲尔德·弗莱明夫人越说越激动，甚至激动到要被自己的话呛住了，尽管在其他人眼里，她完全没必要如此紧张。她越说越起劲，显然已经达到了高潮，就算如此也不至于脸色通红、红到发紫吧！还有她那顶帽子，几乎已经滑到后脑勺去了，随着主人激动的心情不住地颤抖。

"以上就是我的推论，"她猝不及防地做了总结，"我已经证明了自己的观点。此人就是凶手！"

场上一片沉寂。

"好吧,"艾丽西亚·达默斯不耐烦地问道,"那么,你说的凶手到底是谁?"

查尔斯公爵,这位公认的雄辩家眉头越发深锁,突然猛地一拍面前的桌子。"没错!"他怒吼道,"咱们干脆打开天窗说亮话,你这样指桑骂槐地说的是谁?"任何人都看得出来,就算查尔斯公爵知道结果也绝不会赞同菲尔德·弗莱明夫人的观点。

"我可不是在指桑骂槐,我是在指控凶手!"菲尔德·弗莱明夫人厉声反击,"凶手就是你!——你难道听不出来吗?"

"是吗,夫人?"查尔斯公爵极其傲慢地反驳道,"我怎么对此毫不知情?!"

听到这话的菲尔德·弗莱明夫人一下子就气炸了,仿佛戏精上身。只见她像个悲壮的女王一样从座位上缓缓站起(当然,悲壮的女王是不会把帽子戴到后脑勺去的,而且就算因为情绪激动脸涨得通红,女王也会施以粉黛遮掩的),丝毫不在意自己的椅子轰的一声往后翻倒在地。她颤抖的手直指对面的查尔斯公爵,仿佛要拼上自己五尺长的身躯与对方正面一战。

"是你!"菲尔德·弗莱明夫人喊道,"你就是那个凶手!"她伸出的手指就像绑在风扇上的丝绸一样不停地抖动着,"该隐[1]两个字就印在你的额头上。你就是凶手!"

布拉德利先生被这 幕吓得紧紧抓住了区特威克先生的手

---

1 在《旧约全书》中,该隐是亚当和夏娃的长子,他出于忌妒谋杀了弟弟亚伯,并作为逃犯被判罪,据说他是历史上第一个凶手。

臂，然后现场又是一阵恐怖的沉寂。

查尔斯公爵也是一时语塞，好半天才缓过神儿来："这个女人简直疯了！"他气得连气都喘不匀了。

菲尔德·弗莱明夫人发现自己并没有被查尔斯公爵当场击毙，甚至查尔斯公爵的眼睛里都没有射出瘆人的蓝光。既然自己最害怕的两件事都没有发生，菲尔德·弗莱明夫人又开始继续她的指控，只是不再像之前那般歇斯底里了。

"不，我没有疯，查尔斯先生。相反，我非常非常理智。我知道你深爱女儿，尤其是在痛失爱妻后，你认为女儿是自己生命中仅剩的女性了，因此对她的爱更是有增无减。在你看来，任何能够阻止你女儿落入尤斯塔斯爵士魔掌的办法都是可行的，你拼尽全力也要护她周全，不愿让她浪漫无邪的青春和对世界的信任就这样毁在一个无赖手中。

"而且我正是从你自己说的话中推出你有罪的。之前你跟我们说，没必要提及你与尤斯塔斯爵士谈话的具体内容，然而你这么做不过是想掩盖事实。在你们的谈话中，你警告尤斯塔斯爵士，自己宁愿杀了他也不愿将女儿下嫁于他。然而事情的发展并没有如你所愿，你女儿固执地迷恋上了尤斯塔斯爵士，而尤斯塔斯也决定利用你女儿的痴心。在这种情况下，为了阻止悲剧发生，你不得不采用下下策。查尔斯先生，我无法审判你，那就让上帝来吧！"一口气说完，菲尔德·弗莱明夫人的呼吸都变得沉重了。她把自己倾倒在地的椅子扶起，坐了上去。

"好啊，查尔斯先生，"布拉德利先生义愤填膺地说道，他那壮硕的胸肌仿佛要冲破马甲的束缚,"没想到会是你,你才是这幕后的真凶。你真的太坏、太狠毒了。"

对于这个像牛虻一样讨厌的家伙,查尔斯一向都不太理睬,所以他说的话都不知道查尔斯公爵有没有听进去。但是现在,公爵深刻地意识到菲尔德·弗莱明夫人是在很认真地指控自己,并非一时的发疯行径,一想到这里,他的情绪就瞬间翻涌起来,仿佛要冲破胸膛喷涌而出。他的脸也迅速变得通红,就像菲尔德·弗莱明夫人脸上的颜色转移到了他脸上一般,整张脸涨得通红,活脱脱就是伊索寓言里那只没有意识到自己爆炸点的青蛙[1]。而听到菲尔德夫人惊人言论的罗杰内心本就五味杂陈,现在又看到眼前的情景,不免为查尔斯公爵深深担忧起来。

好在查尔斯公爵及时找到了情绪发泄的"安全阀门",他说道:"主席先生,如果这位女士不是在开玩笑的话,而且是最烂最没品的玩笑,我是不是要认真对待她的胡言乱语啊?"

罗杰瞥了一眼菲尔德·弗莱明夫人,她也是面色凝重,强忍怒气。尽管查尔斯公爵声称她的推论是一派胡言,但菲尔德·弗莱明夫人的确给出了一个站得住脚的推论,而且佐证翔实。"查尔斯先生,"罗杰小心翼翼地说,"如果被质疑的人不是你,而是其他人,面对这样一个证据确凿的指控,我想你也会赞同当事人需要认真对待这个指控并为自己辩解吧。"

---

[1] 此寓言出自《伊索寓言》中《不知趣的青蛙》:青蛙妈妈不停地胀大肚子以证明自己的庞大,最终爆裂而亡。

听到这话，查尔斯公爵气得要骂出声来，菲尔德·弗莱明夫人则激动地使劲点头。

"那也要有辩解的余地。"布拉德利先生趁机发表了高见，"我必须说，我个人是被这个推论说服了。在我看来，菲尔德·弗莱明夫人已经破解了这个案子。对了，需不需要我打个电话联系警方啊，主席先生？"尽管听起来令人反感，但他说这话的时候，言辞恳切得就像是要去履行自己作为公民的职责一样。

查尔斯公爵怒视着他，仍旧无言以对。

"那倒不急，"罗杰温和地说道，"我们还没听查尔斯先生如何为自己辩解呢。"

"也对，我们的确也该听听他怎么说。"布拉德利先生承认自己鲁莽了。

五双眼睛都直勾勾地盯着查尔斯公爵，五对耳朵也都竖了起来，等着听查尔斯公爵如何辩驳。

但是查尔斯公爵仍旧沉默。他的内心正在苦苦挣扎。

"果然如我所料，"布拉德利先生自顾自地说道，"根本就无法辩驳，即便是像查尔斯先生这样的人物，那么多次将凶手从绞刑架上救下来，面对这样铁证如山的案子，也还是百口莫辩，真是可悲啊！"

查尔斯公爵扫了一眼布拉德利先生，从他的眼神可以看出，要是现场只有他们两个的话，他一定有很多话要说。可惜现在的情形并不是，所以他只能暗自发怒。

"主席先生，"艾丽西亚·达默斯喊道，她一贯不喜欢绕弯子,"我有个提议。查尔斯先生似乎不太想应诉,大有消极认罪的样子,而好市民布拉德利先生偏偏又想把他交给警察。"

"没错!没错!"好市民在一旁得意地叫嚣。

"如果真这么做的话,我个人会觉得很遗憾。我想,有许多对查尔斯先生有利的话还是得说出来。我们都知道凶手往往具有反社会人格,但他有吗?依我看来,查尔斯先生想要为社会(恰好也为他女儿)除去尤斯塔斯爵士这一害是利国利民的好事。只不过阴差阳错一个无辜的人受到了牵连,这也是始料未及的事。即便是菲尔德·弗莱明夫人,她也很犹豫是否要给查尔斯先生定罪,所以她在下结论时说自己不够资格将其定罪,只有陪审团才能定他的罪。

"对此,我并不赞同。我认为作为一个理智的人,我有足够的资格来审判他,而且我认为我们五个人都具备这样的资格。因此我建议我们五人成立陪审团,对查尔斯先生进行审判。菲尔德·弗莱明夫人可以充当起诉人,另一个人(我提议由布拉德利先生担任)为他做辩护,然后我们五个人共同作为陪审团,投票决定他是否有罪。所有人都必须遵从投票结果,如果结果认为他有罪,我们就将其交给警方;反之,如果结果认为他无罪,我们就必须对他的罪行守口如瓶。不知大家意下如何?"

罗杰略带嗔怪地朝达默斯小姐笑了笑,他哪里不知道达默斯小姐其实和自己一样,压根儿就不相信查尔斯先生有罪。他很清楚达默斯小姐此举不过是在开这个大律师的玩笑,杀杀他的锐气罢了。虽然有点残忍,但无疑,她认为这么做对他是有益的。达默斯小姐曾公开表示自己是个辩证主义者，往往能看到事物的另一面。她相信偶尔让猫发现自己被老鼠追也不是什么坏事，所以自然乐见这个大半辈子都在起诉别人的家伙也品尝一下站在被告席上被控诉的滋味。另一方面，尽管布拉德利先生显然也不相信查尔斯公爵会是凶手，但他还是想嘲弄对方一番，因为只有这样他才能稍稍惹怒对方，毕竟查尔斯公爵成功的人生是布拉德利先生可望而不可即的。

不仅如此，罗杰认为区特威克先生也并不是真的认为查尔斯公爵有罪。尽管对于菲尔德·弗莱明夫人的大胆言论他表现得相当震惊，让人乍一看还真摸不清他到底是怎么想的，但罗杰确信，除了菲尔德·弗莱明夫人外，场上没人会真的怀疑查尔斯公爵的清白——或许，还得除去查尔斯公爵本人吧，因为如果光看表情，他好像也在怀疑。然而，正如这位愤怒的绅士所言，只要稍微认真想想，就会发现这样的指控纯属无稽之谈。查尔斯公爵不可能是凶手，因为——好吧，因为他可是大名鼎鼎的查尔斯，这样的事情根本就不会发生在他身上，不用想都知道他不是凶手。

另一方面，菲尔德·弗莱明夫人的确很严谨地证明了他就是凶手，查尔斯公爵却连试着辩解一下都不愿意。

真是令人为难。此刻，罗杰多么希望坐在主席位上的不是自己，他已经不是第一次有这种想法了。

"我认为，"他重复道，"在采取任何措施之前，我们还是应该听听查尔斯先生怎么说。"因为想到了合适的措辞，他又接着补充道，"我相信，针对这些指控，他一定会给我们一个满意的答复。"然后，他满眼期待地看向那位"犯人"。

怒火中烧的查尔斯公爵终于决定跳出来为自己说两句："难道我真的要为这一派胡言自我辩护吗？"他的语气近乎咆哮，"好嘛，我承认自己是犯罪学家，我也承认那天晚上我在西索酒店参加了一个晚宴。菲尔德·弗莱明夫人不就是想凭这两点定我的罪嘛。既然家丑已经外扬，那我就不必在乎什么品位或者面子了。我承认，我就是宁愿亲手将尤斯塔斯爵士勒死，也不愿意看到我的女儿嫁给他！"

说完他停了片刻，疲惫地伸手抚着高高的额头，整个人不再一副盛气凌人的样子，更像一个无助的老人。看到他这个样子，罗杰内心感到很是抱歉。但是菲尔德·弗莱明夫人的举证如此充分，大家都爱莫能助。

"这一切我都承认，但是这些都无法成为呈堂证供。如果你要我证明自己没有寄送巧克力，我还能说什么呢？我可以把晚宴上坐在我旁边的两人叫来，他们可以发誓我是——没错，绝对是十点之后，我才离开座位的。当然，我也可以找到其他证人，证明我的女儿最终同意婚事由我做主，打消了与尤斯塔斯爵士订婚的想法，并自愿到德文郡的亲戚家小住一段时间。我必须声明，这一切都是在包裹寄出后发生的。

"简单来说就是，菲尔德·弗莱明夫人很有技巧地把这些'初步证据'整合在一起，对我提起了控诉，尽管这一切都是建立在一个错误的假设上（有一点我必须向菲尔德·弗莱明夫人说明，我们律师是不会在客户家或者客户办公室进进出出的，不管在哪儿，我们与客户见面通常都是要有对方的事务律师在场的）。如果大家觉得有必要对我进行官方调查，我也做好了心理准备。与其让我的名字蒙受不白之冤，不如来场调查还我清白声誉。主席先生，如果你觉得这么做合适的话，就请你代表大家赶紧执行吧。"

罗杰还是决定谨慎行事。"查尔斯先生，就我个人而言，尽管菲尔德·弗莱明夫人的推论的确很精彩，但正如你所言，她的推论都是建立在错误的基础上的，所以可能性不大。而且，我不相信一个父亲会给可能成为他女儿未婚夫的人寄送毒巧克力，他难道就没想过这些巧克力可能会落入他女儿手中吗？对于这个案子，我有自己的看法。就算没有，我也非常确定这项针对查尔斯先生的指控是不成立的。"

"主席先生，"菲尔德·弗莱明夫人激动地打断了他，"你想怎么说都没有问题，但是考虑到——"

"我同意，主席先生。"达默斯小姐迅速岔开了她的话，"那些巧克力绝不可能是查尔斯先生寄的。"

"哼！"布拉德利沉闷地哼了一声，没想到自己搞出来的玩笑这么快就被破坏了。

"没错，我也赞成！"区特威克先生难得态度坚决。

"另一方面，"罗杰继续说道，"菲尔德·弗莱明夫人完全有权要求公开调查，这也正是查尔斯先生希望看到的，毕竟他也有权维护自己的名声。但我也同意查尔斯先生说的，菲尔德·弗莱明夫人完全是把一些'初步证据'堆砌在一起然后自圆其说，以供调查。我想说的是，到目前为止，我们六人中只有两位做了报告，等我们全都做了报告后，案情说不定会有惊人的发展，或许（我没说一定会，而是说或许）届时我们现在正在讨论的问题就不重要了。"

"哦，"布拉德利先生又开始喃喃自语了，"莫不是我们的主席有什么锦囊妙计？"

"因此我正式提议，"罗杰总结道，完全无视旁边一脸不悦的菲尔德·弗莱明夫人，"从今往后一周之内，不管是在这间屋子里还是在外面，我们所有的讨论或报告都不再提及指控查尔斯先生这件事。届时要是有人希望再把它提出来，我们再来表决。关于这项提议，我们是不是来投个票？有谁赞成呢？"

毫无疑问，这项提议全票通过。尽管菲尔德·弗莱明夫人很想投反对票，但她很清楚这个俱乐部从来就没有提案不一致通过的情况，所以她也习惯了。

接着又到了休会环节，只是这次有种强行镇压的感觉。

第九章

苏格兰场莫尔斯比总探长的办公室里,罗杰坐在桌前,心事重重地晃动着双腿,一旁的莫尔斯比总探长什么忙也帮不上。

"我已经跟你说过了,谢林汉姆先生,"总探长耐心地说道,"你这样逼问我是没有用的。我已经知无不言、言无不尽了。你知道的,能帮的我都会尽力帮。"可是罗杰并不相信——"问题是,我们现在进入了死胡同"。

"我现在也是一样。"罗杰坦言,"而且我一点也不喜欢这种感觉。"

"很快你就会习惯的,谢林汉姆先生,"莫尔斯比安慰道,"如果你经常接手这样的工作。"

"我现在是止步不前,"罗杰抱怨道,"事实上,我并不想接下这份工作。我总觉得我一开始就走错了路线。要是线索真的藏在尤斯塔斯爵士的私生活中,那他一定会瞒得死死的。但我觉得事实并非如此。"

"哼！"莫尔斯比不以为然。

"我已经反复盘问过他的朋友们了，现在他们看见我就躲。我还想办法认识了他朋友的朋友，甚至他朋友的朋友的朋友，然后也反复盘问了他们。不仅如此，就连他所在的俱乐部我也查了个遍，你猜我发现了什么？我发现尤斯塔斯爵士果然如你所言，是个不折不扣的花花公子，甚至可以说是个无耻下流的浑蛋。尽管不用想都知道尤斯塔斯爵士是这种人，但我还是被他的荒唐行径惊到了。我想你应该懂我的意思——他居然恬不知耻地大谈自己的猎艳成就，还如数家珍般地一一列举她们的名字，所幸这样无耻的人不多，女士们不必过度担忧。我将这些女士的名字整理出来了，结果还是毫无头绪。如果说某位女士是这起命案的根源，那我就应该见过或者听过她的名字。然而我并没有。"

"谢林汉姆先生，你还记得美国的那件案子吗？就是我们都认为与本案非常相似的那件案子。"

"怎么不记得呢？昨晚我们俱乐部的一位成员还提起过它，"罗杰的声音还是很阴郁，"她还从中推出了一个很精彩的结论呢。"

"啊，我知道了。"总探长点点头，"一定是菲尔德·弗莱明夫人吧。她一定觉得查尔斯公爵是凶手吧？"

罗杰盯着他，问："你是从何得知的？哦，一定是那个不讲道德的老巫婆透露给你的，是不是？"

"当然不是，"莫尔斯比反驳道，语气里俨然一副正派作风，表现得好像苏格兰场侦破的疑难案件中,有一半以上一开始都不是通过某些情报才能向正确方向推进似的,"我不是说她不应该跟我们如实相告,但她的确一个字也没跟我说过。不过,你们这些人在做什么,对这个案子怎么想的,我基本都一清二楚。"

"我们被监视了,是吧?"罗杰听了反倒很开心,"没错,你一开始就告诉过我会监视我们的一举一动。很好,很好,所以你们打算逮捕查尔斯公爵吗?"

"那倒不至于,谢林汉姆先生。"莫尔斯比一脸严肃地回道。

"那你是如何看待菲尔德·弗莱明夫人的推论的?她的确给出了一个令人耳目一新的解答。"

"以前都是查尔斯先生从我们手中救下杀人犯,使其免遭绞刑,"莫尔斯比小心地说,"现在自己干起了杀人的勾当,这突然的转变着实让人难以置信。"

"是的,这么做收入还少了,"罗杰表示赞同,"当然啦,不可能真的存在买凶杀人,不过这是个不错的想法。"

"那你对这件案子的推论是什么,谢林汉姆先生?"

"莫尔斯比老兄,我现在还一筹莫展呢。要命的是我明天晚上就要做报告了。我倒是可以胡诌一通蒙混过关,但这么做挺让人失望的。"罗杰沉思了一会儿,"我觉得真正的麻烦在于我对这件案子的兴趣完全属于学术研究,不像其他人多少带点私人因素,这不仅给了他们更大的动力去探知真相,而且对他们破案也有实质助益。我想,至少在收集信息上他们更有收获,在相关人员的调查上也会更加深入。"

"好吧，谢林汉姆先生。"莫尔斯比趁机挖苦道，"现在你总承认我们这些人破不了案也是情有可原的吧，我们办案的时候也从不掺杂私心（如果你指的是从内部而不是从外部审视一个案子）。不过呢，"莫尔斯比又补了一句，言语中满是对自己专业的自豪，"这种情况还是很少出现的。"

"我当然知道，"罗杰深表赞同，"好了，莫尔斯比总探长，午饭前我还要去邦德街买顶新帽子，你要不要跟着我啊？解决完这件麻烦事后呢，我可能要去附近找家旅店，你要不要也跟着？要是你愿意跟着，我很乐意。"

"不好意思，谢林汉姆先生，"面对罗杰的阴阳怪气，莫尔斯比总探长没有跟他绕弯子打哑谜，"我可没那么闲。"

然后，罗杰便径自离开了。

一无所获的罗杰心情低落到了极点，为了改善心情，他没有乘坐巴士，而是直接打了辆出租车前往邦德街。打仗那几年，罗杰偶尔也来过伦敦，那时出租车司机有很多有趣的习惯，这些都还清晰地印在他的脑海中。自从有了巴士，他就再也没有坐过出租车了。公众的记忆总是出奇地短暂，但公众的偏见总是根深蒂固。

罗杰心情低落也是情有可原的。正如他对莫尔斯比所言的，他现在不仅止步不前，心中更是觉得自己完全走错了路线，而且这种感受十分强烈，他甚至觉得自己在这件案子上投入的精力纯属浪费时间。尽管他对这件案子兴趣浓厚，但他的初衷只是学术研究，跟研究其他精心布局的谋杀案没什么两样。尽管与几位涉案人员的亲朋好友都已取得了联系，但他还是觉得自己尚在局外，未能真正进入事件核心。之所以处于这种窘境，就是因为自己与此案没有任何私人关联。他开始怀疑，像这种需要无止境调查的案子只有警方才能处理吧，毕竟一般人既没有这个本事，也没有耐性和时间来应对这种工作。

然而，几乎就在同一天而且不到一个小时内，他便接连碰到了两次运气，也就是这两次运气让他对此案有了不同的看法，最终将他对此案的兴趣从学术研究转变成私人牵扯。

这第一次运气发生在邦德街上。

当时他正从帽子店走出来，头上还端端正正戴着一顶新帽子，他看见韦诺克·马歇尔夫人正向他迎面走来。韦诺克·马歇尔夫人身材娇小，举止优雅，不仅十分富有，而且看起来很显年轻，她早早没了丈夫，一直暗恋着罗杰。即便是罗杰这样自负的人，也搞不明白为什么她会喜欢自己，可以说只要罗杰给机会，韦诺克·马歇尔夫人愿意立马化身他的小跟班（当然这只是一种修辞说法，罗杰并不会给她这样的机会），然后用她那双棕色的明眸一脸崇拜地仰望他。可惜她太爱说话了，总是没完没了，说个不停。对本身就很健谈的罗杰来说，再找一个话痨无疑是无法忍受的。

此刻，他只想冲到街对面，只可惜车流如潮，竟没有片刻空当。没有办法，他只好尴尬地笑了笑，心中却在不停地骂骂咧咧，就连那顶漂亮的新帽子也戴歪了。

韦诺克·马歇尔夫人一把抓住了他，内心的喜悦之情溢于言表:"哇,果然是谢林汉姆先生,我心心念念想见的人!谢林汉姆先生,请你坚定地告诉我,你是不是接手了本迪克斯夫人的案子?你可不要——不要告诉我你没有接手啊!"罗杰想告诉她自己是想接手此案来着,可惜韦诺克·马歇尔夫人根本没有给他说话的机会。"你不会真的没有接这个案子吧?唉,也是,这个案子太令人震惊了,不过,你真的应该试试,揪出那个给尤斯塔斯爵士寄毒巧克力的罪魁祸首。你不接这个案子我真觉得太可惜了。"

罗杰礼貌地笑了笑,很是尴尬,他试图说点什么,叵还是没有机会。

"我听到这个消息的时候整个人都吓傻了,真的,吓傻了!"韦诺克·马歇尔夫人脸上流露出惊恐的神色,"你知道的,琼和我是非常要好的朋友,亲密无间的那种。我们读书的时候就玩在一起了——你刚才是说了什么吗,谢林汉姆先生?"

罗杰原本一时没忍住发出了一声微弱的质疑,但被韦诺克·马歇尔夫人这么一问,他立马摇头表示否认。

"最可怕的,也是最恐怖的事情就是这一切都是琼自找的,是不是骇人听闻,谢林汉姆先生?"

听到这话,罗杰顿时来了兴趣,不再打算逃遁:"你说什么?"这次他终于说上话了,语气中满是难以置信。

"我想这就是他们所谓的'悲剧讽刺'吧,"韦诺克·马歇尔夫人喋喋不休地说,"当然这件事已经足够悲惨了,我也从没有听过如此讽刺的事情。你应该知道她和本迪克斯先生打的赌吧,本迪克斯先生输给她一盒巧克力。要不是因为这事，尤斯塔斯爵士就不会把有毒的巧克力给她先生，那么吃掉巧克力暴毙而亡的就会是尤斯塔斯爵士。据我所知，他可真是走运，躲过一劫，谢林汉姆先生——"韦诺克·马歇尔夫人刻意压低了声音，还小心地环顾一圈四周，像是要分享什么阴谋一般与罗杰耳语道，"我从未跟其他人提过，我只告诉你，因为我知道你一定需要这个信息，你对这个讽刺很感兴趣，不是吗？"

"当然，"罗杰面无表情地说道，"所以呢？"

"那我就告诉你吧——琼在赌局上使了诈！"

"你这话是什么意思？"罗杰疑惑地问道。韦诺克·马歇尔夫人对自己耸人听闻的言论很是满意，"何必呢？她根本就不应该打这个赌。这件事就是对她的审判，非常恐怖的审判，真正恐怖的事情是这一切都是她自找的。这件事让我特别痛苦，真的，谢林汉姆先生，我现在睡觉都不敢关灯，我怕一关灯就看见琼在黑暗中注视着我，这种感觉实在是太可怕了。"转瞬间，韦诺克·马歇尔夫人的脸上真的露出惊惶之色，看起来非常憔悴。

"为何本迪克斯夫人不应该打这个赌？"罗杰耐心地追问道。

"为何？因为她早就看过这个戏了。这场戏上演的第一周我们就一起去看了，所以她自始至终都知道坏人是谁。"

"天哪！"正如韦诺克·马歇尔夫人所料，听闻此消息的罗杰极为震惊，"难道又是一个《铤而走险》的故事？果然，我们对复仇的故事都没有免疫力。"

"你是说因果报应吗？"韦诺克·马歇尔夫人激动地说道，对她来说，这样的评价着实有点费解，"是的，某种程度上的确是这样的。就算是报应，这样的处罚也未免太重了。我的天哪，要是女人在打赌时做了点弊就要被杀，那这个世上恐怕就没几个女人了。"韦诺克·马歇尔夫人一不留神就吐露了心声。

"嗯哼！"罗杰圆滑地应和道。

韦诺克·马歇尔夫人迅速向左右张望了一下，确保人行道上没有其他人，然后舔了舔发干的嘴唇。罗杰有一种奇怪的感觉，面前的韦诺克·马歇尔夫人并不像以前一样心直口快，有啥说啥，反倒是遮遮掩掩地欲言又止。看起来朋友的离世确实让她悲痛不已，她都不像往常一般喋喋不休说个没完了。还有一件事也引起了罗杰的兴趣，他发现尽管韦诺克·马歇尔夫人表示与本迪克斯夫人很要好，说起对方也几乎都是溢美之词，但他总感觉她的话里夹杂着一丝责备。好像只有这样，她才能从朋友的离世中获取一点安慰。

"这么多人怎么偏偏就是琼·本迪克斯呢？我怎么也过不去这个坎，谢林汉姆先生。我怎么也想不到琼她会做这样的事。她人真的很好，可能就是有点爱钱，不过想想她那么有钱，也就不足为奇了。我知道，她这么做纯粹是为了好玩，开开丈夫的玩笑罢了，只是我以前总以为她是个高冷的人，你应该懂我的意思吧。"

"我当然懂，"罗杰说道，和大多数人一样，他当然听得懂话。

"我的意思是，一般人是不会把荣誉、诚实、守规则这些被视为理所当然的东西整天挂在嘴边的，但是琼就会。她总是说，这么做是有损荣誉的，不可以作弊什么的。结果，她却因为打赌作弊把自己栽进去了，真是可怜。这真的是应了那句老话。"

"什么老话？"听得入迷的罗杰立马追问道。

"什么老话？当然是静水流深咯。我觉得琼也藏得太深了。"韦诺克·马歇尔夫人叹了一口气。显然，深藏不露是社交的一大忌讳。"我并不是想在朋友过世后说她的坏话，唉，我可怜的朋友。我只是想说，有时候我真的觉得心理学太奇妙了，你觉得呢，谢林汉姆先生？"

"确实很奇妙，"罗杰深表赞同，"好吧，我想我必须要——"

"那个人，尤斯塔斯·彭尼法瑟爵士，他是怎么想的？"韦诺克·马歇尔夫人愤愤不平地问道，"毕竟，他也要为琼的死负责。"

"哦，是吗？"尽管罗杰也不太喜欢尤斯塔斯爵士，但他觉得有必要为他说句公道话，"这我就不太赞同你的观点了，韦诺克·马歇尔夫人。"

"我就是觉得他应该为琼的死负责！"马歇尔夫人强调道，"谢林汉姆先生，你见过他吗？我听说他简直就是个禽兽，总是喜欢拈花惹草，然后玩腻了就把别人一脚踢开，是这样吗？"

"这我就不知道了，"罗杰冷冷地说，"我压根儿就不认识他。"

"好吧，他现在跟谁好上了大家都知道，"韦诺克·马歇尔夫人立刻反驳，说到激动之处两颊竟比抹了胭红还红润，"至少五六个人跟我说过这件事了。就是那个布莱斯，你知道的，就是那个卖油的,不知是卖汽油的还是卖什么油的人的老婆。"

"我不认识她。"罗杰显然没有说实话。

"他们说,他俩是一周前在一起的,"她絮絮叨叨地八卦起来,"我想,他是因为没有得到朵拉·怀尔德曼才去找布莱斯寻求安慰的。谢天谢地,查尔斯公爵坚决反对,这才没让他的奸计得逞,是这样吧?我前几天听说的。这男人真可怕啊!你们可能以为琼的死会让他收敛一点,毕竟这事也是因他而起,事实上他一点也没有收敛,我觉得他——"

"你最近有没有看过戏啊?"罗杰大声问道。

韦诺克·马歇尔夫人盯着他,愣了好一会儿:"看戏?是的,最近的戏剧我基本都看了,谢林汉姆先生,你干吗问我这个?"

"我只是好奇罢了,博览会馆新上映的那出戏非常棒,对不对?我恐怕得——"

"啊,别这样!"韦诺克·马歇尔夫人娇弱得声音都在颤抖,"琼死前的那晚我也在那儿。"(就不能聊点别的吗?罗杰在想。)"卡瓦斯多克夫人点了个包厢,邀请我一同看戏。"

"哦?"罗杰心里却在盘算着,要是直接甩开眼前的女人,就像踢球过人那样,然后趁车流出现空隙就一头扎进去,这样做会不会显得太粗鲁。"那场戏很棒。"他嘴上漫不经心地说着,身体却不停地向路缘带近,"我尤其喜欢那场短剧,叫《永恒三角关系》。"

"《永恒三角关系》?"韦诺克·马歇尔夫人有些迷茫。

"是的,就是最开始那场。"

"哦。那我可能没看见。当时我迟到了几分钟。"韦诺克·马歇尔夫人楚楚可怜地说道,"我这个人做什么事都好像慢半拍。"对于马歇尔夫人口中的"几分钟",罗杰心知肚明,不过是她一贯的委婉说辞罢了,因为开演后半个小时都还没到《永恒三角关系》。

"啊!"罗杰目不转睛地盯着迎面而来的巴士,"很抱歉,韦诺克·马歇尔夫人,恐怕我得先走一步了,车上有人跟我约了有事要谈。是苏格兰场的人!"罗杰故意压低了声音,弄得很神秘的样子。

"哦。那——是不是说你正在调查琼的案子?谢林汉姆先生,告诉我吧!我保证绝对守口如瓶。"

罗杰神秘兮兮地环顾了四周,皱了皱眉,"是的!"他竖起手指挡在自己嘴前,小心地点了点头,"记得一个字也别对外张扬啊,韦诺克·马歇尔夫人。"

"当然,我保证。"韦诺克·马歇尔夫人立马答应。罗杰本以为她听到这个消息会很震惊,然而她并没有,所以内心不免感到有些失望。他甚至觉得马歇尔夫人的表情已经显示出他会徒劳无功,甚至有一丝为他难过的意味,因为他接手了一个驾驭不了的案子。

就在这时,巴士已经到了跟前,罗杰匆忙说了句"再见!",便赶紧跳上了车门阶梯。车子开始笨重地向前行驶。罗杰隐约感到有双棕色的眼睛惊恐地盯着自己的后背,他走上阶梯,仔细审视了车上的其他乘客,然后找了个位子坐了下来。坐在他旁边的是一个戴着常礼帽的矮个儿男人，看起来并不让人生厌。这个男人在杜庭区的一栋豪宅里工作，他不满地看了一眼罗杰，明明周围还有许多空位，为何偏偏挤在自己旁边？

巴士转进了皮卡迪利大街，罗杰在彩虹俱乐部下了车。他与俱乐部的一个会员约了吃中饭。这不是他第一次这么做了，在过去的十天里，罗杰几乎每天都在做同样的事，只要是他认识的会员，也不管熟不熟，他都会邀请对方外出吃饭，为的就是能够被对方回请，好进入俱乐部。直至今日，他的这些努力也没有看见半点效果，所以今天他也没抱任何期望。

那位会员并不介意谈论本迪克斯夫人的案子。他与本迪克斯先生曾是校友，就像韦诺克·马歇尔夫人和本迪克斯夫人是朋友一样，因为这层关系，显然他也觉得自己有责任关心此事。比起其他会员，他觉得自己与此案的关系更为紧密，这让他甚感骄傲。事实上，有人认为他与此案的关系比尤斯塔斯爵士本人与此案的关系还要紧密一些。接待罗杰的就是这样一个人。

两人正聊着的时候，另一个男人走进了餐厅，还经过了他们的桌子。接待罗杰的男人立即噤声，那个新来的男人突然朝他点点头，然后便离开了。

看见男人远去，罗杰对面的男人随即倾身横过桌面，语气也变得很是严肃，像是要揭露什么重大的秘密一样："说曹操，曹操到！刚刚那位就是本迪克斯先生。这是出事后我第一次看到他来这儿。唉，真是可怜人！这事把他完全击垮了。我没见过哪个男人像他那样爱老婆的，你不知道，这成了大家的笑柄。你看见他那副失魂落魄的样子了吗？"虽然他们说这话的时候很小心，但要是当事人恰好往他们这儿看一眼的话，这样的低声耳语怕是也震耳欲聋吧。

罗杰立即点点头，完全顾不上什么绅士礼节。其实在认出本迪克斯先生之前他就瞥了一眼对方的脸，当即就被本迪克斯的神情惊到了，那是一张苍白憔悴、愁容满布、未老先衰的脸。"撑住啊！"罗杰很是动容，心中暗想，"一定要努力破案了，要是找不到凶手，这家伙怕也活不成了。"

"你怎么不安慰安慰他呢？我还以为你们是好朋友呢？"不知怎的，罗杰心中的话就脱口而出了，他这么做显然有失妥当。

听到这话，对面男人的脸色立刻显得很不自在，"好吧，你也要看看刚刚的状况嘛，"他说道，"而且，我们也算不上什么好朋友。他其实比我高一两届，甚至三届。我们也不在同一个学院，他是现代学派（你觉得商人的儿子还能是什么别的学派？）而我是古典学派。"

"这样啊，"罗杰的语气很沉重，他这才了解到这个男人在学校和本迪克斯先生的交情十分有限，甚至可以说他踏入学校的时候，本迪克斯先生已经要毕业离开了。

既然如此，罗杰也就不再多问了。

在接下来的用餐时间里，罗杰一直有点心不在焉。有什么东西一直在他脑子里盘旋着，只是他也不清楚是什么。他总感觉在过去的一小时里，不知是在何处，也不知是如何来的，反正他接收到了一份重要的信息，只是暂时还不能领会其中的深意。

直到半小时后，当他穿上外套，正打算放弃思索这脑中的重要线索时，一瞬间，他就像被打通了奇经八脉一样突然全想通了。他就这样一手穿进了袖口，另一手还在笨拙地摸索，全身僵直地呆立在那儿。

"我的天哪！"他轻声惊叹道。

"怎么了，老兄？"对面的男人多喝了几杯红酒，有些飘飘然地问道。

"没什么，谢谢你，没事儿。"回过神的罗杰匆匆应道。

然后，他便快步走出彩虹俱乐部，拦下一辆出租车。

对韦诺克·马歇尔夫人来说，这可能是她人生头一回给别人提供了一个如此有建设性的意见。

接下来的一天里，罗杰可以说是格外忙碌。

第十章

主席叫了布拉德利先生的名字,让他上前做报告。

布拉德利先生捋了捋胡子,已然准备就绪。

他之前是一名汽车销售员(那时候的名字还是珀西·罗宾逊),后来发现生产制造更赚钱便转了行。如今他专职生产侦探小说,发现之前做销售时积攒的经验——大众就是好骗——对写小说也颇有助益。他还是自己的推销员,只是偶尔忘了自己已经不再是站在欧宝汽车摊位上的小销售了。这个世界上的所有人和事,甚至包括莫顿·哈罗盖特·布拉德利,他都看不上,能入他法眼的就只有他自己——珀西·罗宾逊。他的作品销售额数以万计。

"对我来说,这真是太不幸了。"他以一种绅士的方式慢条斯理地开始了演说,好像面前坐着的是一群傻子一般,"按照惯例,大家可能都觉得我指出的凶手会是最出人意料的那一个。可惜，菲尔德·弗莱明夫人从我手中抢走了这份殊荣。我实在觉得找不出比查尔斯公爵更让人意外的凶手了。我们这些不幸落在菲尔德·弗莱明夫人后边做报告的人哪，势必只能堆砌一些令人扫兴的结局了。

"我并非没有尽力啊。我按照自己的方法深入研究了整个案件，最终得出了一个连我自己都感到惊讶的结论。诚如我所言，在每个人都对案件进行分析后，这个案子很可能就变得平平无奇了。我想想，我是从哪里开始研究的？哦，对了，毒药！

"用硝基苯做毒药，这一点引起了我极大的兴趣。我觉得这一点尤为重要。谁也想不到硝基苯会出现在这些巧克力中。为了我的写作需要，我也研究过一些毒药，但我从未听说过使用硝基苯作为毒药的犯罪案例。涉及硝基苯的案子也都是用于自杀，当然意外中毒的也有，不过这些加起来也就三四例。

"说实话，前面几位都没有注意到这个细节着实让我感到惊讶。最有意思的是，居然没几个人知道硝基苯是毒药，就连专家对此也一无所知。我跟剑桥大学一位拿过科学奖学金的人聊过此事，他的专业就是化学，他也表示从未听过这种毒药。事实上，对于这种毒药我了解的比他还多一些。一个商业化学家是断然不会将其列入寻常毒药的，甚至在毒品大全名录上也找不到它的踪迹。好吧，我说这么多，是因为这些对我的推论至关重要。

"关于硝基苯，还有几点需要说明一下。这种物质主要用于商业用途。事实上，几乎所有制造业都要用到这种东西。这是一种常见的溶剂，我们都知道它主要用来制作染料，这可能是它最重要的用途，却绝不是它最广泛的用途。我们知道它还能用来制作糖果和香料。它的用处之多可以说是不胜枚举，从制作巧克力到生产汽车轮胎，全都需要用上它。最重要的是，这种东西很容易弄到。

"不仅如此，这种东西还很容易制取，但凡上过学的人都知道如何用苯和硝酸制作硝基苯，我就试过几百次。它需要的不过是最浅薄的化学知识，也根本用不上什么昂贵的设备器材。甚至可以这么说，它的制作流程简单到就算是完全没有化学知识的人也可以造出来。对了，你还可以偷偷把它造出来，没人会起疑，甚至都没人会注意。不过，我认为至少还是需要一点化学知识，不然你不会想起来这东西可以自己制作啊，至少，为了某种目的你得能想得起来。

"对我来说，就整个案件来看，硝基苯的使用不仅是唯一的原始特征，而且是迄今为止最重要的证据。说它是最重要的证据，并不是说它像氢氰酸（剧毒）那样因为难以获取所以很容易追踪到凶手，恰恰相反，它是任何人都可以获取或者自己造出来的，所以具有难以追踪的特点，也正是因为这一点，凶手才选用了硝基苯下毒。我想说的是，能够想到用硝基苯下毒的人必定可以锁定在极小的范围内。"

布拉德利先生停顿了片刻，点了根烟，虽然表面未说，但他心中暗自得意，场上的各位全都听得全神贯注，现场鸦雀无声，只待他继续下去。他看了一眼在座的几位，如同看向智力不足的学生，然后继续高谈阔论。

"首先，我们可以确定这个硝基苯的使用者具备一定程度的化学知识，或者说至少达到我这样的程度。他要么具备化学知识，要么拥有相关专业知识，比如，他可能是一位对工作兴趣浓厚的化学家助理，即使下了班也还在继续钻研专业知识，这就比较符合第一种情形；而第二种情形，就比如一个在工厂上班的女工，因为工厂生产需要用到硝基苯，她作为员工就一定会被告知注意硝基苯的毒性。在我看来，会想到用这玩意儿当毒药的无非两种人，上面所说的两类人就属于其中的第一种。

"但是，这第二种人才是我认为最有可能作案之人，这种人要比前面说的第一种人聪明得多。

"在这种范畴下，化学家助理就变成了化学业余玩家，工厂女工则变成了女医生，或者说，一位对毒理学感兴趣的女医生，即便不是专家，也是一位对犯罪，尤其是投毒犯罪兴趣浓厚的聪明女性——就和在座的菲尔德·弗莱明夫人一样。"听闻此言，菲尔德·弗莱明夫人气愤地哼了一声。查尔斯公爵先是愣了一下，他没想到先前让他难堪的菲尔德·弗莱明夫人这么快就得到报应了，紧接着他那庞大的身躯便爆发出巨大的声响，在他人看来，他这几乎是在捧腹大笑了。"你知道吗？像他们这种人啊，"布拉德利先生平静地继续说道，"一定会在案头摆放一本泰勒的《法医学》，而且会时常翻阅查询。"

"菲尔德·弗莱明夫人，我同意你的看法，这桩案子的作案方式的确显示了犯罪学知识。你提到了一件极为相似的案子，查尔斯先生也提到了一件，而我也打算提一件。可以说，本迪克斯夫人这桩案子就是一堆陈年旧案的结合体，和你们一样，我也非常确定事情绝非纯粹的巧合。当然，在你们提出这个观点之前，我早得出了这样的结论，一方面是凭我自己的犯罪学知识，另一方面是因为我一直有种强烈的直觉，那就是给尤斯塔斯寄巧克力的人一定有一本泰勒的书。我承认，这只是一种猜测，就在我查阅泰勒那本书后，我发现氰化钾后面一页就是硝基苯！这就引起我深思了。"布拉德利先生又停了一会儿。

区特威克先生点点头："我懂了，你的意思是有人特意查了资料，就是为了找到一种毒药可以满足特定的要求？"

"正是如此！"布拉德利先生完全同意。

"你在毒药这部分花了这么多心思，"查尔斯公爵温和地说道，"该不会是想告诉我们，光凭这一点你就能找到凶手吧？"

"非也非也，查尔斯先生，我并不认为我光凭这点就能找到凶手。我之所以在这上面花这么多力气，正如我所说的，是因为它是本案唯一的原始特征。虽然光靠它解决不了问题，一旦与其他特征结合起来考虑，我认为对我们破案还是大有助益的，至少可以帮助我们确定某个犯罪嫌疑人是否是真的凶手。

"比如现在让我们从犯罪学的角度全盘来看整个案件，很快我们就会发现，这桩案件只会是一个头脑聪慧且受过良好教育的人所为。这样一来，我之前说过的可能会使用硝基苯下毒的第一种人立马就被排除嫌疑了。化学家助理和工厂女工不可能是杀人凶手。接下来，我们只需关注那些聪明的、受过良好教育的、对犯罪学感兴趣而且具备一些毒理学知识的人，如果我没有错得很离谱的话（通常不可能），我相信凶手的书架上一定也放着一本泰勒之类的书。

"各位亲爱的华生，这就是我从凶手选择用硝基苯下毒这件事中得到的线索。"说完，布拉德利先生得意地摸了摸上唇的胡须，那种目空一切的姿态一看就知道并非全然是装出来的。显然，布拉德利先生是想让全世界都知道他有多么自信，而他的这份自信也不是毫无根据的。

"真是好心思啊！"区特威克先生由衷地感叹道。

"让我们继续听吧。"达默斯小姐说道，看起来她对布拉德利的慷慨陈词并不感到惊讶，"所以你的推论是什么？如果你有的话。"

"噢，我当然有。"布拉德利先生笑起来有种莫名的优越感。这是他第一次成功激起达默斯小姐向他开炮，他还挺开心的。"我们还是慢慢来吧。我想让大家知道我是如何一步步得出我的结论的。这么说吧，只有将我的破案过程一一道来，才能帮大家厘清整个案件的来龙去脉。我从毒药着手，得出一些推论后便开始检查其他线索，看看是否可以引导出什么结果，以便相互印证。首先引起我关注的就是那张伪造的信笺，因为那是除了毒药外唯一有价值的线索。

"说实话，这张信笺着实让我感到困惑。不知什么缘故，梅森的名字总让我觉得很熟悉，除了他们家的巧克力，我总感觉以前还在别的什么地方听过这个名字，好在最后我想起来了。

"恐怕我这里必须牵扯到一些私人关系了，查尔斯先生，我无意冒犯，还请多多包涵。我家姐姐婚前是个速记打字员。"布拉德利的语气一下子变得深沉起来，似乎下定决心要透露一些人所牵扯的机密来，不过下一刻他又立马改变了主意，"总之，她的教育背景让她不同于一般的速记打字员，事实上，她是个受过专业培训的秘书。

"她加入了一家机构，管理这家机构的是一位女士，如果哪家公司有女职员生病或者外出度假之类的，她就为这些公司提供临时秘书。包括我姐姐在内，整个机构只有两三位女性，而她们每次代岗任务通常只持续两到三周，因此一年下来每个女性都会接到许多这样的暂代职务。我清楚地记得，我姐姐曾去过一家叫作梅森的公司当一位董事的临时秘书。

"这对我来说似乎有些用处。当然并不是说她能告诉我谁是凶手，而是如有必要的话，她或许可以为我引荐一两名梅森公司的员工。所以，我就去找她了解情况了。

"她记得非常清楚。大约是三四年前，她在梅森公司代岗，她很喜欢那儿的工作氛围，甚至考虑过如果有职位空缺的话，愿意一直留在那儿当秘书。因为只是代岗，她与那儿的员工自然也不会太熟，但足以给我引荐了。

"'对了，'我无意中跟她提起此事，'我看了寄给尤斯塔斯爵士的巧克力上随附的信，上面不但有梅森氏的名字，而且那张信笺我也感觉格外熟悉，我好像记得你以前在梅森公司工作的时候，是不是也用同样的信笺给我写过信？'

"'我怎么不记得有这事了？'她说道，'不过，你当然会觉得这种信笺很熟悉，因为你那时候经常来这儿玩纸条游戏，你不记得了？因为这种信笺的尺寸刚好合适，所以我们经常用它来玩游戏。'容我插一句，纸条游戏一直是我家里最受欢迎的娱乐活动。

"记忆还真是有趣，你脑子里总记得某种联系，但就是记不得它当时的真实情境。当然，我后来立马想起来了。当时，我姐姐写字台下的一个抽屉里就有一沓信笺，我经常把它撕成纸条用来玩游戏。

"'那你又是如何得到这些信笺的呢？'我问她。

"在我看来她回答得相当含混，只是告诉我她是从上班的地方拿来的。我再三追问，她这才坦白有天晚上她正要下班回家，突然想起有几个朋友晚饭后要来家里小聚。我们肯定要玩纸条之类的游戏，刚好家里又没有合适的纸了，她只好匆忙折返上楼，回到办公室，把手提公文包往办公桌上一放，打开它，然后匆忙地从打字机旁边的纸堆抓了一沓信笺塞进公文包。仓促中她也不知道自己拿了多少张，本来只需供我们玩一晚上的量即可，实际上那沓纸足足供我们玩了将近四年。她一定拿了至少两百张！

"从我姐姐家走出来的时候，我整个人都是蒙的。在离开前，我还特意检查了剩余的信笺，它们看起来与那张伪造的信笺一模一样，甚至信笺边缘的泛黄程度都相差无几，这下我何止是蒙住了，我简直被吓到了。因为说真的，之前我一直以为，要想找到寄信给尤斯塔斯爵士的人，最有可能的办法就是从梅森公司的员工或者前员工当中找。

"事实上，这次的发现完全打乱了我的查案思路。于是，我开始复盘整个案件，我的脑中突然闪过一个念头，那就是关于本案中的信笺和犯罪手法，有没有可能警方还有我们所有人，从一开始就本末倒置了呢？显然，我们都是一厢情愿地认定凶手是先制订了作案计划，然后才设法获取信笺的。

"如果信笺一开始就在那儿，就在凶手手里，事情难道不会更简单些吗？有没有一种可能，是凶手先有了这张信笺，然后才想到了作案手法？尽管在别的案子里的确有可能顺着信笺找出凶手，但如果是刚刚说的那种情况，根据信笺追踪到凶手的可能性就会很小。主席先生，你有没有考虑过这种情况呢？"

"我必须承认我没有想到过，"罗杰坦言，"就像福尔摩斯的把戏一样，你这样一提出来，这种可能性就显得格外明显了。我必须说，这真的是一个非常有可信度的观点，布拉德利先生。"

"从心理学的角度看，这个推断的确是完美的。"达默斯小姐表示赞同。

"谢谢，"布拉德利先生低声感谢，"接下来，你们就能理解我的这个发现多么具有颠覆性。因为如果我的观点成立，那么任何拥有梅森公司泛黄信笺的人，立即都变成了嫌疑犯。"

"呃——"查尔斯公爵用力地清了清嗓子，想通过这种方式表达意见。他的态度也很明显，那就是作为绅士，绝不能怀疑自家姐妹。

"我的天哪！"区特威克先生忍不住叫出声来，他这一叫显得他更有人情味。

布拉德利先生继续他的"危言耸听"："还有一件我不能忽视

的事情。那就是在我姐姐接受培训成为秘书之前，她一度想成为一名护士。年轻的时候，她还去上了护士的短期课程，并且她一直对此兴趣浓厚。她不仅读护理方面的书，也会读一些医学方面的，好几次，"布拉德利先生严肃地说道，"我都看见她在研读我的那本泰勒的书，而且明显沉浸其中。"

他又停了下来，但这次没人做出评论，大家都觉得他做得太过分了些。

"于是我回到家，仔细思考了整件事情。没错，将自己的姐姐列入嫌疑人名单的确很荒唐，更荒唐的是居然还把她排在名单前列。没人希望把自己的生活圈子与命案牵扯在一起，这两个东西完全不能混为一谈。我总在想，如果受质疑的不是我姐姐而是其他人，我会不会因为觉得有希望破案而欣喜难耐呢？可现在又的确是这么个情况，万一凶手就是我姐，我又该怎么办呢？

"最终，"布拉德利先生自鸣得意地说道，"我选择了尽自己的职责，直面事实。第二天我回到了姐姐家，直接问她是否与尤斯塔斯爵士有什么瓜葛，如果有，两人又是什么关系。她一脸迷茫地看着我，说她在命案发生前根本都没有听过这号人。我选择相信她。我又问她，是否还记得凶案发生前一天晚上自己在做什么。这下她的神情更迷茫了，说她当时正和姐夫在曼彻斯特，住在一个叫作孔雀酒店的地方，晚上他们还去了一家剧院看了场电影，电影的名字叫《命运之火》。我再次选择了相信她。

"为了以防万一，后来我还是去查证了她说的话，发现都对得上。也就是说，在包裹被投递的那段时间，她有绝对的不在场证明，这下我心中的石头总算落了地。"布拉德利先生压抑着情绪，小声地说道。当他抬起头，目光与罗杰交接的瞬间，罗杰分明在其中看到了一种嘲笑的意味，这让罗杰感到隐隐不安。布拉德利这个人真是让人看不透、摸不清。

"在排除我姐的嫌疑后，我将迄今为止得到的所有结论制成了列表，然后开始思考案件当中的其他要点。

"然后我突然想起，那晚莫尔斯比总探长给我们讲解案情时，一定在证物上对我们有所隐瞒。于是我给他致电，就我心中的疑问向他咨询了几句。从他那儿，我了解到信笺上的文字是通过汉密尔顿4号打字机打出来的，也就是寻常的汉密尔顿机型，包装上手写的地址是用钢笔写上去的，几乎可以确定是用中细笔尖的欧尼斯牌钢笔和哈菲尔德墨水写成的。至于包装纸（只是寻常的棕色牛皮纸）和绑绳，就透露不出什么信息了。另外还有一点，那就是所有的证据上都没有找到任何有用的指纹。

"好吧，考虑到这是我谋生的手段，或许我不该承认，事实上，我对专业侦探到底如何开展工作其实一无所知。"布拉德利先生坦言，"写书的时候当然很容易，因为作者预先设定好了一些要被发现的事情，然后再安排侦探去发现就好了，其他就没有什么了。而在现实生活中，毫无疑问，事情并不是这样发展的。

"不管怎样，我所做的事情就是模仿我书中侦探的做法，尽可能系统地调查案件。我想说的是，我仔细整理了所有可用的证据，并列了一张表，其中包括所有与案件相关的事实和人物（当你在整理列表的时候，你会惊讶地发现居然有这么多相关的信息）。接着，我便从这些证据开始推演，尽可能做到巨细无遗，与此同时，对于凶手的身份，我也试着保持开放的心态，不管从我的推演中诞生出怎样的凶手，我都会保持客观公正的态度。

"换句话说，"布拉德利先生严肃地说道，"我并没有因为A女士或者B先生有作案动机就认为他们一定会作案，也不会为了让我的推论听着'顺理成章'就刻意歪曲事实。"

"是的、是的！"罗杰回应得很不自然。

"没错。""没错！"达默斯小姐与区特威克先生也先后随声附和。

只有查尔斯公爵和菲尔德·弗莱明夫人相互瞥了一眼对方，然后立即移开目光，两人就像主日学校里一起犯错被抓的学生一般。

"唉，"布拉德利先生叹道，"这报告做得真是让人筋疲力尽。我可以休息五分钟吗？主席先生，可以容我先抽根烟吗？"

于是，罗杰十分友好地给了布拉德利先生几分钟中场休息时间，好让他休整休整，然后继续。

第十一章

"我总在想啊,"恢复了精力的布拉德利先生继续说道,"我总是在想,谋杀案或许可以分为两个类别——封闭型或者开放型。所谓封闭型谋杀案,指的是命案发生在特定的一群人当中,例如凶案发生在一个家庭派对里,那么凶手一定就是这个团体中的某个成员,这也是目前小说中更为常见的类型。至于开放型谋杀案,凶手就不局限于某个特定的群体,可能是世界上的所有人。显然,现实中的谋杀案往往是这种类型。

"我们现在接手的这件案子就有些麻烦,因为它好像不能完全归属于上面任何一种类别。警方说它是一个开放型的谋杀案,而我们前两位演讲者似乎又都认为它是一个封闭型案件。

"问题就在于作案动机。如果你同意警方的观点,认为这就是一个宗教狂徒或者疯子所为,那么它就是一个开放型谋杀案。当晚在伦敦的所有人,只要没有不在场证明,就都有可能投递了那个包裹。如果你认为作案动机是出于个人因素，且与尤斯塔斯爵士有关，那么凶手就可以锁定在小部分与尤斯塔斯爵士有关联的人身上。

"说到投递包裹，我必须打个岔，跟你们说一件很有意思的事。据我所知，恰恰相反，我可能目睹了凶手投递包裹。因为当凶手投递包裹的时候，也就是当晚八点四十五分左右，我正巧经过南安普敦街。按照埃德加·华莱士的说法，这场悲剧的第一幕很可能就在那一刻，在我眼皮子底下开始了。我就这样大步流星地往前走，丝毫没有觉察到异样，全然不知一场灾难正悄然发生。显然，那晚天意是有所预兆的，偏偏我的直觉如此迟钝，唉，要是那晚我能警觉些，今天我们会省去多少麻烦啊！"布拉德利先生伤感地说道，"真是命运弄人哪！"

"不过，这些都是无关紧要的事情，我们刚才讨论的是开放型和封闭型谋杀案。

"我不想对此案轻易定性，为了稳妥起见，我还是将其视为一个开放型谋杀案。然后我就有了这样的观点，那就是世上所有人都有嫌疑。为了将凶手的范围缩小一点，我开始利用凶手留给我们仅有的证据，试图将真凶拼凑出来。

"正如我之前跟各位解释过的，从凶手选用硝基苯下毒这件事，我得出了一些结论，我认为凶手接受过良好的教育。这里，我需要补充非常重要的一点，那就是凶手一定不是公学或者大学毕业的。查尔斯先生，你觉得呢？我觉得一定不可能。"

"公学出来的人也有杀人犯罪的啊。"查尔斯公爵有些不解。

"那是自然,但绝不会用这样下三烂的手段。公学出身的人有一套自己的行为准则,即便在杀人这样的事情上也会有自己的底线。因此我敢断定,这绝不是绅士犯下的谋杀案。一个公立学校出身的人,就算沦落到杀人这步田地,也会选择斧子或者左轮手枪这类可以与对方当面搏杀的工具。他绝不会选择背后下手这样卑鄙的手段。这一点我敢打包票。

"还有一个很明显的结论,那就是凶手一定是一个心灵手巧的人。要将这些巧克力剥开,去除里面的夹心再将毒药填进去,然后用融化了的巧克力将针孔封上,最后还要用银色的包装纸再将它们一一包好,让人看不出动过手脚——我敢说,绝不是一件容易的事,你要知道,全程他还得戴着手套呢。

"我一开始以为如此精致的作案手法一定是女人所为。我做了个实验,我叫了十几个朋友让他们试试身手,他们当中男女都有。结果让我大跌眼镜,我竟然是所有人中唯一一个(我并不是骄傲啊)做成的人。所以说,能用如此精致手法作案的并不一定是女人,不管怎样,一双巧手一定是少不了的。

"然后就是每颗巧克力中都是精准的六量滴毒液这件事,我认为这当中也很有问题。这说明下毒之人对于对称之美有种独特的偏好。的确有这种人,他们无法忍受任何偏差,哪怕墙上的画挂歪一点点也不行。我很清楚这种人,因为我自己就是这样的。在我看来,对称就意味着秩序,因此我特别能理解凶手注射毒药的方式,换作是我,我也一定会这么做,这是一种无意识的行为。

"另外,我们还可以认定凶手一定是一个很有创造力的人。因为如此心思缜密的谋杀案绝非一时冲动所为,它一定是凶手苦心筹谋、步步为营、精心建构出来的,就像创作一出戏剧一样。你说是吧,菲尔德·弗莱明夫人?"

"我是不必如此,但你说的也可能是对的。"菲尔德·弗莱明夫人应道。

"那是当然。凶手完成创作的时候一定经过了仔细的思考。我并不觉得我们需要担心凶手是在剽窃以前的案子。在我看来,这很正常,因为越是有创意的人,越不介意将别人的想法化为己用。我是这样的,谢林汉姆先生,我想你也是这样的,还有你,达默斯小姐,你肯定也是如此。至于菲尔德·弗莱明夫人,我想你有时候也会如此吧。坦白地说,大家都是一样的。"

场下众人窃窃私语,仿佛承认了自己偶尔的"失足"。

"当然,你看看沙利文[1]是如何改编老式教堂音乐的,他甚至将格里高利圣歌改成了《一双明眸》,压根儿就听不出原来是首教堂歌曲。所以说,借鉴改编都是完全没有问题的。好了,以上就是所有可以帮助我们描绘出凶手的信息,凶手一定是一个极为冷血、毫无人性的下毒者。我能想到的就这些了,但这些也足以说明问题了,不是吗?要是能找到一个具备上述所有特质的人,我们也就离找到真凶不远了。

---

[1] 即阿瑟·沙利文公爵(Sir Arthur Sullivan,1842—1900),英国作曲家,创作了大量具有英国特色的轻歌剧。

"对了,还有一点我忘了,那就是有一个与此案极为相似的案例。你们居然没人提过这桩案子,在我看来,没有哪一件案子与本案的相似度更高了。这件案子并不出名,你们也可能听说过,那就是二十年前费城的'威尔森医生案'。

"我简单说下这个案子。某天早上,威尔森医生收到了一家知名啤酒厂寄来的试饮品,当中也随附了一封信,而且明显是用正式信笺写的,上边的地址标签还印着公司名称。威尔森午饭时喝了这瓶啤酒,不料当场殒命。原来,那瓶酒里被人掺了氰化钾。

"后来很快便证实这瓶酒根本就不是啤酒厂寄的,因为啤酒厂压根儿就没寄过什么试饮样品。这酒是通过当地一家快递公司寄送的,他们能提供的信息只有寄送者是一名男子。就连印有公司名称的标签和信笺,后来都被证实是为了作案而特意伪造的。

"这件案子最后也没有破案,成了一桩悬案。虽然警方找遍了全美每一家印刷厂,但还是找不到信笺上面的信头和标签是在哪里印制的。就连凶手的作案动机都不知道。这是一件典型的开放型谋杀案,酒瓶突然现身,凶手仍逍遥法外。

"你们也看出两桩案子的相似之处了吧,尤其是两件案子都出现了试吃样品。正如菲尔德·弗莱明夫人指出的那样,这绝不可能是巧合。我们的凶手一定深知威尔森医生的案子,然后加以灵活运用,这才制造了现在的谋杀案。事实上,威尔森医生的案子也有一个可能的动机,那就是威尔森其实是个声名狼藉的堕胎医生,或许有人想要阻止他为人堕胎而杀了他。我想,凶手可能是为了所谓的良知吧，因为的确有人会为了良知干这种事。你们看，这又是威尔森案与本案的另一个相似之处。尤斯塔斯爵士的混账尽人皆知，这也正好支持了警方的观点，某个不知名的宗教狂热分子作的案。说到这个，就有很多话可以说道说道了。

"但我现在必须继续我的推论。

"好吧，到了这个阶段，我把自己得出的结论全都列了出来，同时我也将凶手必须符合的条件一并列了出来。有一点我也要事先说明，那就是由于我列出来的条件特别多，涵盖范围也很广，所以，查尔斯先生，如果能找到一个人同时具备所有的这些条件，那么他或她很有可能，甚至百分之百就是杀人凶手了。我能这么说绝非信口胡言，而是基于严谨的数学逻辑推理。

"我一共列出了十二个条件，从数学概率来看（如果算得没错的话），每四亿七千九百万一千六百人当中才会有这么一个人完全符合所有的条件。然而，并非所有符合条件的人都是凶手，因为凶手必须对犯罪学有一定的研究，所以这其中最多只有十分之一的人符合要求。另外，他或她还必须有能力获得梅森公司的信笺，这概率又是百分之一。

"于是，全盘考虑下来，我想世界上每四十七亿九千零五十一万六千四百五十八个人当中才会有一个完全符合条件的人。换句话说，这概率是微乎其微。你们觉得呢？"布拉德利先生说道。

场下的人全都听得目瞪口呆，无人敢不同意。

"很好，现在我们的意见终于统一了，"布拉德利先生的喜悦之情跃然脸上,"那我就给大家念一下我的列表吧。"

于是,他打开笔记本,迅速翻了翻,然后开始念道:

凶手必须符合的条件:

1. 一定具备基本的化学知识。
2. 一定对犯罪学有基本的了解。
3. 一定受过良好教育,但不是出身于公学或大学。
4. 一定拥有或有机会接触到梅森公司的信笺。
5. 一定拥有或有机会使用汉密尔顿4号打字机。
6. 谋杀案发生的前一晚,在八点半到九点半这段关键时间里,一定出现在南安普敦街一带。
7. 一定拥有或有机会使用一支中细笔尖的欧尼斯钢笔。
8. 一定拥有或有机会使用哈菲尔德墨水。
9. 具有一定程度的创造力,但又不至于会不屑于采用别人的创意。
10. 一定拥有一双超乎常人的灵巧双手。
11. 一定是个有条不紊的人,可能对对称的事物有强烈癖好。
12. 一定是个冷血无情之人,毫无人性可言。

"顺便提一句,"布拉德利先生一边收好笔记本,一边说道,"查尔斯先生,有一点我和你的观点是一致的,那就是凶手绝不会将寄送包裹的事情假手他人。哦,还有一点,仅供参考。如果你们谁想看看中细笔尖的欧尼斯钢笔长什么样,我这里刚好有一支,而且刚好配的是哈菲尔德墨水。"布拉德利往椅子上一靠,脸上带着老父亲般慈祥的笑容,就这样看着钢笔在众人间传阅。

"这,"当钢笔回到布拉德利先生手上的时候,他得意地说道,"就是那玩意儿了。"

罗杰觉察到,布拉德利先生的目光总是不时躲闪,他突然明白过来,"你的意思是问题还没有解决吧?四十多亿分之一的概率对你来说还是太难了,你根本就找不到满足这些条件的人,对吧?"

"好吧,"布拉德利先生的语气突然变得极不情愿,"如果你一定要知道的话,其实我已经找到了一个完全符合条件的人。"

"你真的找到了?好家伙!是谁啊?"

"你别急嘛,你不知道,"布拉德利先生含糊其词地说道,"我真的很难说出口,实在太荒谬了。"

众人一下子来了兴趣,各种劝说、鼓劲的话语朝着布拉德利先生奔涌而来。布拉德利先生从未发现自己如此受欢迎。

"要是我告诉你们的话,你们一定会嘲笑我的。"

此刻,所有人都是一脸真诚,似乎宁愿遭受审讯的折磨也不会嘲笑布拉德利先生。事实上,怕是再也找不出比他们更想嘲笑布拉德利先生的五人群体了吧。

众人的反应似乎让布拉德利先生获得了勇气,于是他说道,"好吧,说起来真的很尴尬,我真的不知道该如何是好。如果我告诉你们我心中的那个人不仅完全满足我说的那些条件,而且他真的想寄些毒巧克力给尤斯塔斯爵士（虽说这动机扯得有点远，但也能证实），主席先生，不知您能否保证今天的会议能给我一些认真的建议，告诉我该怎么做？"

"那是自然，"罗杰立马答应了下来，兴奋之情溢于言表。罗杰相信自己很快就能破解这个谜题，同时他也相信自己和布拉德利先生的结论并不一致。要是这位仁兄真的找到了这么一个人……"我的老天，当然没问题！"罗杰说道。

布拉德利先生面色凝重地看了一圈众人："好吧，你们难道听不出我在说谁吗？我说的人就是我自己啊！我以为我已经说得够清楚了。"

可惜，他说的时候没有一个人听出他的意思。

"目前来看，唯一可能满足所有条件的人，"布拉德利先生愁得直挠头发，"唉，当然指的不是我姐姐，而是——而是——而是我啊！"

所有人都愣住了，场上鸦雀无声。

"你——你是说，你自己？"最终，还是区特威克先生问了出来。

布拉德利先生一脸沮丧地看着他："恐怕是这样的，我对化学可不只具备一点基础知识，我不仅会制作硝基苯，而且经常做。此外，我还是个犯罪学家，就连我的教育背景也恰到好处，不是毕业于公立学校或者大学。而且，我能拿到梅森公司的信笺，汉密尔顿4号打字机我也有，案发前一晚八点半到九点半这段关键时间，我也刚好在南安普敦街一带。我还有一支中细笔尖的欧尼斯钢笔，配的也正是哈菲尔德墨水。我这个人还算有些创意，又不会自视甚高、不屑于采纳别人的想法。还有就是，我的手指可谓相当灵巧，我还特别喜欢井井有条，格外痴迷于对称之美。显然，我也能做到下毒者那般冷血无情、毫无人性。"

"唉，"布拉德利先生叹了一口气，"这简直是跳到黄河也洗不清了，我一定就是那个给尤斯塔斯爵士寄毒巧克力的凶手。

"一定是我干的，证据确凿，不容辩解。可我居然丝毫不记得自己做过这件事，我想一定是我在作案的时候心不在焉吧，我早就发现我时不时会有这个毛病，做事无法专注，总是心有旁骛。"

罗杰听了布拉德利的陈述差点笑出声来，还好他忍住了，并且故作镇定地问道："那么，你的作案动机是什么呢，布拉德利先生？"

布拉德利先生的神色缓和了一些："的确，这个问题很难回答，很长一段时间我都不清楚我的作案动机到底是什么，我跟尤斯塔斯爵士素来没有瓜葛，虽说我听过他的名号，但任何去过彩虹俱乐部的人应该都听过，我也不例外。我也知道他人品有问题，但是我不会刻意针对他。只要与我无关，他品行如何恶劣我都无所谓。可以说，我眼里从来就没有这号人物。唉，这作案动机的确是个难题。既然案子是我犯的，我就一定得有一个动机，要不然我为什么要杀他呢？"

"那你到底找到了吗？"

"我想我已经找到了我的真正作案动机了，"布拉德利先生一脸骄傲地说道,"困惑了好长一段时间,我才想起我曾在一个侦探作品讨论会上对一个朋友说起,我的毕生所愿就是犯下一起谋杀案,因为我断定自己可以做到天衣无缝,无人能破。我还说这种兴奋感一定是无与伦比的,是任何赌博行为带来的快感都无法比拟的。谋杀案就是与警方的一场豪赌,犯案者与受害人的身家性命就是赌注。要是他逃脱了法律的制裁,那么他就赢了两条人命,要是不幸被捕,就两命皆输。对我这样的人来说,普通的娱乐消遣根本让我提不起兴趣,显然只有谋杀才是我的最佳爱好。"

"啊!"罗杰难以置信地点了点头。

"当我想起这场谈话的时候,"布拉德利先生的语气变得严肃起来,继续说道,"我立马觉察到它的重要性。于是我前去拜访那位朋友,问他是否记得此事,是否愿意起誓证实此事的真实性。结果他记得清清楚楚,连谈话的细节都能一一道出,这下情况更糟糕了。我自己都没想到我会从他那儿得到一份指控。

"当时说到兴头上,(根据他的指控)我还仔细思考了该如何实施我的完美谋杀。显然,我当时的决定是替天行道,挑选一个该杀之人,并不一定要是什么政客(显然,我在努力放过一些该杀之人),然后远远地杀了他。为了让游戏刺激一点,我得留下一两条线索,或明或暗。很明显,这次我留下的线索比我预想的多。

"我的朋友最后说道,那晚我离开他的时候还坚决表示,一有机会就要实施我的第一宗谋杀案。我跟他说,亲身实践一桩谋杀案不仅可以满足我的爱好,而且对本身就是侦探小说家的我来说，还是一次价值非凡的体验。

"根据上述说法，我想，"布拉德利先生庄重地说道，"我的作案动机毋庸置疑。"

"为了做实验而进行的谋杀，"罗杰评价道，"一种新的谋杀类型，非常有意思。"

"是厌倦了世俗的快乐，为了追求极致的快乐而进行的谋杀，"布拉德利先生更正他，"历史上有过先例啊，记得吗，洛布和利奥波德[1]。好了，我的讲述结束了，主席先生，我是否证明了自己的推论呢？"

"当然，在我看来是这样的，你的推论毫无破绽。"

"为了让我的推论看起来无懈可击，我可是煞费苦心，可以说比我写小说还要认真。对于这样的说辞，查尔斯先生，你能在法庭上驳倒我吗？"

"嗯，可能我要多考虑一下才能反驳你。就第一印象来看，布拉德利先生，我承认到目前为止，这些旁证是可信的（在我看来，旁证也能说明问题），因此你说是你给尤斯塔斯爵士寄送毒巧克力的，对此我也找不出什么疑点。"

"如果此时此刻我跟各位说，真相就是我给尤斯塔斯爵士寄的毒巧克力，大家会信吗？"布拉德利先生追问道。

"我没有理由不信。"

"事实上并不是我干的。如果给我足够的时间，我有办法让

---

[1] 1924年，这两个美国青年因觉得好玩，冷血地杀害了一个十四岁的少年。

你们相信寄毒巧克力的人是坎特伯雷大主教,或者西比尔·桑代克[1]、住在图庭上城区合欢路月桂公寓的罗宾森–史密斯夫人,甚至可以是美国总统,或者这世上任何一个你叫得出名字的人。

"证据多的是。因为我无意中发现我姐姐拥有梅森公司的一些信笺,所以我故意构建出一套针对自己的推论。我告诉你们的都是事实,只是我并没有告诉你们全部事实。和其他任何艺术一样,这只不过是看我如何选择证据。如果你知道需要什么证据、不需要什么证据,那么你想证明什么就能证明什么,可谓百试不爽。其实我写的每本书都在玩这个把戏,至今还没有任何书评家跳出来谴责我。话说回来,"布拉德利先生突然变得谦逊起来,"我想是没有哪个书评家会去读我的书吧?"

"好吧,这真的是一个别出心裁的作品,"达默斯小姐总结道,"非常具有启发性。"

"感谢。"布拉德利先生低声说道,心中很是感激。

"那你做的这一切只是为了告诉我们,"菲尔德·弗莱明夫人的话还是那么直接,甚至有些尖锐,"其实你根本不知道真凶是谁,对吗?"

"我当然知道谁是真凶,"布拉德利先生缓缓说道,"但是我无法证明,所以我才不便相告。"

所有人都直起了身子。

"你的意思是,尽管概率很低,但你已经找到其他符合所有

---

[1] 英国女演员,萧伯纳看到她演的悲剧后,以她为原型创作了《圣女贞德》。

条件的人了？"查尔斯公爵急忙问道。

"我想，那位女士肯定符合，"布拉德利先生坦言，"因为整件事就是她干的。只是我还无法证实这一切。"

"女士！"区特威克先生惊愕道。

"是的，行凶的正是一位女性。这可以说是整件案子中最显而易见的事情了，顺便说一下，我刚刚是刻意没有说起这个的。真的，我还纳闷呢，为什么之前都没人提起这个。如果说这个案子中有什么是确凿无疑的，那一定就是女性犯案。因为没有哪个男的会给另一个男的寄送毒巧克力，要寄也是寄下了毒的剃须刀片，或者威士忌、啤酒之类的东西，比如威尔森医生案中的啤酒。所以说，这是明显的女性作案。"

"我在想啊……"罗杰轻轻说道。

布拉德利先生给了他一个锐利的眼神："谢林汉姆先生，你不同意吗？"

"我只是在想，"罗杰回道，"这一点真的有待商榷。"

"毋庸置疑，我应该这么说。"布拉德利先生故意拖长了声调。

"好吧，"达默斯小姐说道，她显然对这些无关紧要的事情有些不耐烦，"你不打算告诉我们谁是凶手吗，布拉德利先生？"

布拉德利先生面带揶揄地望着她："我说了，我无法证实，所以不便多说，而且这件事情还涉及一位女性的声誉。"

"你这是又要拿诽谤罪说事，好帮自己脱困，是吗？"

"啊，真不是。其实我一点也不介意说出这个女凶手的名字，只是现在有比这个更重要的考虑,因为她曾是尤斯塔斯爵士的情妇,你知道的,这方面是有些规矩要守的。"

"啊!"区特威克先生叫了一声。

布拉德利先生转向他,礼貌地问道:"你是有话要说吗?"

"没、没,我只是在想你心中想的是否和我的一样,仅此而已。"

"你指的是弃妇理论?"

"嗯,"区特威克先生不安地答道,"是的。"

"你也是从这条线索开始调查的吗?"布拉德利先生的语气就像一个和蔼的校长在轻拍一个好学生的头,"显然,你找对了方向。综观整个案子,再想想尤斯塔斯爵士的品行,一个妒火中烧的弃妇形象不是跃然眼前吗?这也正是我的推论中刻意省略的第十三个条件:凶手一定是个女人!再回到举证的艺术,查尔斯先生和菲尔德·弗莱明夫人都已演示过,不是吗?他们在陈述过程中都刻意忽略了硝基苯与凶手之间的联系,尽管他们都知道这种联系在他们的推论中有着举足轻重的地位。"

"你真的认为嫉妒就是凶手作案的动机吗?"区特威克先生问道。

"我认为就是这样的。"布拉德利先生肯定地说,"但是,我想告诉你们另一件我深信不疑的事情,那就是凶手真正想杀害的并不是尤斯塔斯·彭尼法瑟爵士。"

"不是尤斯塔斯爵士?"罗杰惊住了,内心顿感不安,连忙问道,"你是怎么知道的?"

"怎么知道的？"布拉德利难掩心中的自豪，说道："我发现命案发生当天，尤斯塔斯爵士与人相约共进午餐。他好像对这件事情很是谨慎，保密工作做得非常好，他约会的对象肯定是位女士，准确来说，是一位让尤斯塔斯爵士非常感兴趣的女士。我想，这位女士应该不是怀尔德曼小姐，而是一位尤斯塔斯爵士不想让怀尔德曼小姐知道的女士。但我想，那个寄送巧克力的女士应该是认识她的。后来这次约会被取消了，但寄送巧克力的女士可能并不知情。

"我的想法是（仅仅是我个人想法，因为这会使寄送巧克力变得更合理，此外我找不到其他证据证实这个想法）这些巧克力压根儿就不是寄给尤斯塔斯爵士的，而是寄给凶手的情敌的。"

"啊！"菲尔德·弗莱明夫人吸了一口气。

"这还真是个新奇的想法。"查尔斯公爵不以为意地说道。

罗杰之前也盘查过尤斯塔斯爵士的诸多情妇，但是并未发现有谁与此案有所牵扯，现在他依旧毫无头绪，但是他并不认为自己错漏了谁。"布拉德利先生，如果你所说的下毒之人真的是尤斯塔斯爵士的情妇，"罗杰试探性地说道，"那我认为你就没必要藏着掖着了。因为尤斯塔斯爵士的情妇，不说全伦敦的俱乐部都知道，至少彩虹俱乐部的每个人都应该有所耳闻，毕竟在这方面尤斯塔斯爵士就不是 个低调的人。"

"这点我可以做证，布拉德利先生，"达默斯小姐话语里全是讥讽，"尤斯塔斯爵士的道德标准远远达不到他自己标榜的水平。"

"但是在这件事情上，"布拉德利先生不为所动，说道，"我不敢苟同。"

"怎么说？"

"因为我确信除了那位无意中将此事透露给我的人，尤斯塔斯爵士，还有我自己，就再没有第四个人知道他们之间的关系了，当然，还有那位女士自己，"布拉德利先生谨慎地说道，"她是当事人，自然少不了她。"

"那你又是如何得知的呢？"达默斯小姐追问道。

"很抱歉，我不能说。"布拉德利先生平静地告诉她。

罗杰摸着下巴。难道尤斯塔斯爵士还有个情妇是他不知道的吗？如果是这样的话，那他的推论又为何站得住脚呢？

"所以，你说的那个极为相似的案子根本就没什么用喽？"菲尔德·弗莱明夫人问道。

"并非没有用，就算它没用，我这里也还有另一个相似的案子——克里斯蒂娜·埃德蒙案。除去她疯癫的行径，几乎是一模一样的案子。同样的嫉妒成狂、巧克力投毒，还有比这更像的案子吗？"

"嗯哼，我记得你上一个推论的主要依据，或者说出发点，是凶手选用了硝基苯，"查尔斯公爵点评道，"我认为这个事，以及你从中得出的结论对这个案子具有重要意义。我们现在是否可以认定这位女士是位业余化学家，书架上也有一本泰勒的书呢？"

布拉德利先生微微笑了笑，"正如你所言，查尔斯先生，硝基苯的确是我上个推论的主要依据,却不适用于这个。或许我对选用硝基苯下毒这件事的评价有些功利性。你知道的,我要将结论指向某个特定的人,我就必须得出一些符合他特质的推论。这些推理中一定有很多是可能的真相,在支撑着硝基苯下毒这个事实,尽管这些真相的可能性并没有我一开始说的那么高。说实话,我还真有点相信用硝基苯仅仅是因为它太容易获取了,但是鲜少有人知道它是毒药也是不争的事实。"

"所以在你现在的这个推论中,你就对硝基苯这条线索弃置不用喽?"

"噢,不,我还是用到了。我还是坚持认为凶手是很了解如何利用硝基苯下毒的,只是用得不多。而且我的这种看法应该是有据可依的。之前我说拥有一本泰勒的书就是依据,现在我还是这么说。因为这位女士刚好就有一本泰勒的书。"

"那么,她也是一位犯罪学家喽?"菲尔德·弗莱明夫人继续追问。

布拉德利先生往后一仰,靠在椅背上,眼睛盯着天花板,"这个嘛,我觉得是一个开放的问题,可以争论一番。坦白来说,我对犯罪学一事也是心有困惑。就我自己来说,我并不认为那位女士能称得上哪方面的'专家'。她的人生目标再明显不过了,除了迎合尤斯塔斯爵士的需求,我再也想不出她还能干什么了。每日化化妆,让自己看起来明艳动人,这就是她存在的全部价值。所以,我不觉得她会是一个什么犯罪学家,顶多是只被豢养的金丝雀。显然,她对犯罪学知道一些皮毛,因为在她的公寓里，的确有一书架这方面的书籍。"

"那，她是你的朋友吗？"菲尔德·弗莱明夫人随口问了一嘴。

"噢，并不是，我也只见过她一面。当时我到她的公寓拜访，腋下夹着一本最近出版的悬疑推理畅销书，然后装作出版商推销员的样子向她兜售此书，我好像还问她是否有这个荣幸记下她的名字来着。我推销的那本书当时才出版四天，她却骄傲地向我展示书架上已然有了那本书。既然如此，她肯定对犯罪学感兴趣喽。没错，不只是感兴趣，她简直痴迷于此；谋杀案实在太令人着迷了，不是吗？我想，答案一定是毋庸置疑的。"

"她听起来有点不太聪明的样子。"查尔斯公爵插了一嘴。

"她是看起来有点傻，"布拉德利先生表示同意，"说话的样子显得不太聪明。要是在茶会上碰见她，我是会觉得她有点傻，但是她执行了一场精心策划的谋杀案，因此我并不觉得她是真的傻。"

"你有没有想过，"达默斯小姐说道，"或许她与这场谋杀案根本毫无关联？"

"好吧，我没想过，"布拉德利先生不得不坦白，"我的想法是尤斯塔斯爵士最近抛弃的情妇（好吧，最多是三年前的事，并且复合无望）觉得心灰意冷，认为只有谋杀这种美妙的方式才能表达自己的情绪，就是这样的。

"顺便提一句，如果你们想要任何实证来证明她是尤斯塔斯爵士的情妇之一，我这里倒是有一个，那就是我在她的公寓里看见了尤斯塔斯爵士的照片。那张照片还被框了起来，相框的边框很大，所以照片上只看到'你的'二字，剩下的正好被边框遮住了。值得注意的是，照片上写的是'你的'，而不是书信中常见的'谨上'。我想，我们可以合理怀疑被边框遮住的一定是些相当亲密的字眼。"

"我曾亲耳听尤斯塔斯爵士说过，他换情人就跟换帽子似的。"达默斯小姐的话语锐利如刀，"有没有可能不止一位女士遭受了嫉妒之苦呢？"

"但是她们的书架上可没有一本泰勒的书。"布拉德利先生坚持道。

"听起来这个推论中的犯罪学知识似乎和上一个中的硝基苯一样重要，"区特威克先生思索道，"我说得对吗？"

"没错，"布拉德利先生肯定了他的说法，"在我看来，这才是真正重要的线索。而说它重要，是因为我们从两个完全不同的角度得到了相同的结论，一个是毒药的选择，另一个就是这件案子的联想特征，你能联想到其他相似的案件，这两个角度都证明了凶手需要有犯罪学知识，而我们一直以来都在抵触这一点。"

"好吧，好吧。"区特威克先生低声感叹道，好像是在责备自己一直以来都抱着抵触心理而忽略了某些事。

接下来便是短暂的沉寂，区特威克还以为是自己的迟钝引起了众人的不满（其实压根儿就不是这回事儿）。

"那你列的那些条件，"达默斯小姐继续向布拉德利先生发

147

问,"你说你还没有一一查证,那到底哪些是这位女士符合的,哪些又是你无法查证的呢?"

布拉德利先生立刻摆出一副严阵以待的样子:"第一,我并不清楚她是否具备化学知识。第二,我认为她至少拥有基本的犯罪学知识。第三,几乎可以断定她具有良好的教育背景(至于她学得好不好又是另外一回事了),而且不是在公立学校接受的教育。第四,除了梅森公司的顾客名单上有她的名字外,我还无法找到她与梅森公司信笺之间的关联。不过之前查尔斯公爵也讨论过凶手是如何获得信笺的,如果他的推论能成立的话,那我的也能。第五,我还无法找到她与汉密尔顿打字机之间的关联,不过我想这应该很容易解决,一定是她的某个朋友有一台。

"第六,案发前一晚她有可能出现在南安普敦街一带。她试图给出不在场证明,但是错漏百出。当时她本应在一家剧院,可直到九点多她才现身。第七,我在她的办公桌上看见了一支欧尼斯钢笔。第八,在她桌上的文具架上,我看见了一瓶哈菲尔德墨水。

"第九,我不能说她有创造力,甚至不能说她有脑子,但是显然我们也抓不住她的任何把柄,无法对她定罪。第十,从她的面部妆容可以看出,她一定拥有一双灵巧的手。第十一,如果她是一个条理非常清楚的人,那她一定知道这就是她的一个破绽,所以她掩饰得很好。第十二,这一条我觉得可以修正一下,改成'一定是一个毫无想象力的下毒者'。好了,就这些了!"

"我明白了，"达默斯小姐说道，"她还是不能全部满足那十二个条件。"

"是的，"布拉德利先生同意，"说句实话，我知道此事一定是她干的，因为她完全有这个动机，同时我也不敢相信是她干的。"

"啊！"菲尔德·弗莱明夫人明显有话要说，却只发出了一声感叹。

"顺便提一句，谢林汉姆先生，"布拉德利先生说道，"这位女士你是认识的。"

"我认识？"罗杰一脸困惑，一会儿才回过神来，"或许有这个可能。嗯，我在这张纸上写下她的名字，你看看，然后告诉我是否是这个人？"

"没问题。"布拉德利先生温和地回复道，"事实上，我刚刚也想这么建议来着，我想，作为主席，你应该知道我说的是谁，万一这里面另有隐情呢。"

罗杰将纸条对折后扔给了布拉德利先生，"我想，你说的就是这个人吧。"

"没错。"布拉德利应道。

"你的推论就是建立在她对犯罪学感兴趣这件事上的？"

"你可以这么说。"布拉德利先生承认。

罗杰的脸微微泛红，因为韦诺克·马歇尔夫人对犯罪学痴迷的原因他最清楚不过了。不客气地说，都是因为他，马歇尔夫人才对犯罪学如此痴迷的。

"你绝对搞错了,布拉德利先生,"罗杰的语气极为坚定,"绝对搞错了。"

"你确定?"

"十分确定!"罗杰的声音几乎颤抖起来。

"你知道,我也很难相信是她下的手。"布拉德利先生冷静地说道。

第十二章

罗杰非常忙碌。

他坐着出租车东奔西跑,完全顾不上时间飞逝,一心只想在夜幕降临之前完成推论。对于那位头脑简单的犯罪学家韦诺克·马歇尔夫人来说,罗杰的这些所作所为不仅令人困惑,而且毫无意义。

比如在前一天下午,他乘坐出租车去了霍尔本公共图书馆,在那儿查阅了一本无人问津的参考书。在这之后,他又坐车去了"威尔和威尔森先生"的办公室,这是一家知名公司,专门保护个体的商业利益,并且针对会员有意投资的业务提供可靠性方面的高度机密信息。

罗杰伪装成一位手上有大笔资金的投资人,用自己的名字注册成为会员,然后填了一堆标示着绝密信息的特殊表格。做完这一切后,他并没有急着离去,直到威尔和威尔森先生公司承诺在二十七小时内将他所需的资料送到他手上，他才心满意足地离开。当然，他们这么做只是看在不菲的额外服务费上。

接下来他买了份报纸，去了苏格兰场，在那儿找到了莫尔斯比总探长。

"莫尔斯比，"罗杰开门见山，"我有件重要的事需要你帮忙。你能帮我找到一个出租车司机吗？在本迪克斯命案发生前一晚，大约九点十分，他在皮卡迪利广场或附近载了一位客人，然后在滨河大道尾端靠近南安普敦街的地方让其下车的；或是找到另一个出租车司机，他于九点十五分左右在滨河大道尾端靠近南安普敦街的地方载了客人，然后在皮卡迪利广场附近让其下了车。第二种可能性较大，第一种我也不太确定。又或者是同一辆出租车跑了个来回，但我觉得这种可能性不大。你可以帮我这个忙吗？"

"事情都过去这么久了，我们可能查不到任何结果，"莫尔斯比怀疑地说道，"这件事很重要吗？"

"特别重要。"

"好吧，看在你的面子上，我尽力一试。谢林汉姆，我是相信你，才相信这件事真的很重要，要是换成别人，我可不会帮这个忙。"

"好极了，"罗杰感激地说道，"事情紧急，还请你抓紧点，可以吗？如果找到我要的人，请于明天下午茶时间打个电话到我奥尔巴尼的公寓通知我。"

"你打算干什么呢，谢林汉姆先生？"

"我想要拆穿一个非常有趣的不在场证明。"罗杰说道。

做完这一切，他便回家吃晚餐去了。

晚饭后他的脑子一直飞转，忙得嗡嗡作响，因此他做不了任何事，只得出去走走、散散心。心神不安的他出了奥尔巴尼公寓，直接朝着皮卡迪利广场走去。他绕着广场缓缓而行，脑子里的思考一刻也没停过，突然，他停下了脚步，失神地凝视着那些挂在剧院外的新剧海报。等他回过神来，发现已经走到干草市场[1]，绕了很大一个圈子来到了杰明街，因为此刻他正站在皇家剧院外繁华的街道上，呆呆地看着最后一批观众进场。

罗杰扫了一眼《嘎吱作响的骷髅头》的广告海报，发现这场骇人的戏八点半开场。他又看了看手表，刚好八点二十九分。

反正今晚什么事也干不了。

于是他径直走进了剧院。

他就这样看了一晚上戏。

第二天一大早（对罗杰来说是一大早，其实已经十点半了），在远离城市文明的某个荒凉之地，也就是阿克顿，罗杰走进了盎格鲁-东方香水公司的办公室，与一个年轻小姐交谈。这个年轻小姐坐在入口处的隔板后面，她和外界唯一的沟通渠道就是一扇装有磨砂玻璃的小窗。（如果你叫喊得够久够大声的话）她会打开这扇窗，给这些胡搅蛮缠的询问者扔下几句简单粗暴的答复，然后砰的一声关上窗。在她看来，这样的谈话根本没必要浪费这

---

[1] 伦敦威斯敏斯特市圣雅各地区的一条街道，是干草剧院等知名剧场的所在地，因此成为伦敦西区戏剧界的中心。

么长时间。

"早上好,"罗杰温和地问候道,他叩了三次窗才把这个小姐从她的城堡里唤出来,"我是来——"

"推销员,星期二和星期五的上午,十点到十一点。"年轻的小姐语出惊人,然后利落地砰的一声关上了窗。这声响分明是在告诉他,想要在英国与这种大公司在周四的上午谈生意,天哪!简直是痴心妄想!

罗杰一脸茫然地盯着紧闭的窗口,突然明白过来自己犯了错。于是他再次叩响了窗,一次又一次。

等到罗杰第四次叩窗的时候,里面的人终于忍不住了,窗子唰的一声打开了,好像里面有什么东西爆炸了一般,"已经跟你说过了,"还是那个年轻的小姐,只见她怒火中烧,厉声说道,"我们只在周二——"

"我不是什么推销员,"罗杰赶忙解释,"至少,"想到自己可是费了九牛二虎之力才找到这个地方的,罗杰一点也不敢怠慢,一丝不苟地补充道,"至少不是来做商业推销的。"

"你不是来推销的?"年轻小姐怀疑地问道。别看她年轻,她早已见过了英国生意场上"未达目的,誓不罢休"的各种手段,因此,对于这种可能打着不卖东西的幌子进行推销的人,她本能地不信任。

"不是的。"罗杰的语气极尽诚恳。尽管这次轮到他对对方的举动深感不悦,但他还是诚恳地加以解释。

虽然这个年轻的小姐还是没能完全接纳他,显然可以多容忍他一会儿了。"好吧，那你想干什么呢？"她尽量耐心地问道，语气中还是充满疲倦感，甚至有种高高在上的感觉。从她的语气中不难听出，一定很少有人能够通过这道门，除非你为了跟他们公司做生意，连脸面都可以放下。唉，生意真难做！

"其实我是一位律师，"罗杰撒了谎，"我现在正在调查一个叫作约瑟夫·李·哈维克的人，他以前是这里的员工，很抱歉，我要——"

"不好意思，我们这儿从没听说过这个人。"不等罗杰说完，年轻小姐三言两语就打发了他，然后再次迅速关上窗，示意这场对话已经持续得太久了。

罗杰只好用手杖再次叩窗。尝试七次之后，终于再度见到了这个愤怒的英国小姐。

"我已经跟你说过了——"

只是这次罗杰也已经受够了，他直接打断她的话："听着，小姑娘，如果你再拒绝回答我的问题，你可就有麻烦了，别怪我没警告你，你听说过藐视法庭罪吗？"有时候稍微使用点手段也是可以的，甚至威逼利诱有时候也情有可原。现在就是这种情况。

这个年轻的小姐虽说没有被吓倒，但明显没有了之前的气势，"好吧，那你到底想知道什么？"她顺从地问道。

"这个人，约瑟夫·李·哈维克——"

"我都跟你说过了没有这号人。"

罗杰口中之人不过是两三分钟前现编的，自然只存在于罗杰

155

的脑海中，旁人怎么可能听说过？不过罗杰对此早有准备，于是他沉着脸说道："很可能他用的是另一个名字。"

这个年轻的小姐一下来了兴趣，不过也越发警惕了。她提高嗓门："如果是离婚案，我告诉你，你不可能从我这里套出什么话。我根本就不知道他已经结婚了。而且，我也没有动机，我想说——好吧，至少——这不过是一派谎言，我从没——"

"不是什么离婚案，"罗杰赶紧止住她的话头，他没想到会听见这么一段坦白，"这件事跟你的私生活毫无关系。只不过是我要找的那个人曾在这儿工作过。"

"噢。"年轻的小姐顿时松了一口气，旋即又火冒三丈，"那，那你为何不早说？"

"他曾在这儿工作，"罗杰坚定地说道，"就在硝基苯部门。你们公司有个硝基苯部门，对吧？"

"这我不清楚。"

罗杰不以为然地哼了一声："喊！你很清楚我在说什么。这个部门掌管着这里的硝基苯。你们公司要使用硝基苯，你不可否认吧？用得还挺广，是吗？"

"就算是又怎样？"

"有人向我们申诉，这个男人的死因是公司没有尽到危险告知义务，公司没有详细地告知员工硝基苯的毒性危害。因此，我想要——"

"什么？我们有员工死了？我不信，要真出事了，我应该是第一个知道的——"

"那肯定是封锁消息了啊,"罗杰迅速插上一句,"要是你们工厂挂有硝基苯的毒性危险警示牌,请给我展示一下。"

"很抱歉,我恐怕办不到。"

"你是在跟我说,"罗杰很是震惊,"你们公司根本就没有告知员工这种东西的危害性吗?他们都不知道这种东西是致命的毒药吗?"

"我可没这么说。员工当然有被告知这东西有毒。每个人都知道。而且我敢肯定,他们使用硝基苯也是非常小心谨慎的。只是我们刚好没有在厂里悬挂危险警示牌罢了。你如果还想了解其他的什么,最好跟我们的主管领导聊。我可以——"

"谢谢,"罗杰总算说了句实话,"我已经知道了我想要了解的东西。祝你早上过得愉快!"说完,他便高兴地离开了。

然后,他搭了一辆出租车前往韦伯斯特印刷厂。

在印刷行业来说,韦伯斯特印刷厂的地位就相当于海滨浴场当中的蒙特卡洛。换句话说,韦伯斯特印刷厂就是印刷行业的龙头企业。如果罗杰想要打印一些特殊定制的信笺,除了这儿,他还能去哪儿呢?

接待他的店员是一个年轻女士,罗杰向她尽可能详细地描述了想要的款式。这个年轻女士递给他一个样本册,请他看看能否找到符合他需求的样式。他翻阅样本册的时候,年轻女士转身去接待别的客人了。显而易见,这位女士已经被罗杰和他的要求搞得有点烦了。

罗杰显然没有找到想要的样式,他合上了样本册,沿着柜台边走边看，直到他进入下一个年轻女店员的接待区域。对着她，罗杰再次描述了一遍需求。结果，她也是递给罗杰一个样本册让罗杰自己挑选。可惜，两本册子的内容完全一样，罗杰仍是一无所获。

他再次游走于柜台边，并向第三个也是最后一个年轻女店员复述了自己复杂的要求。明白罗杰的诉求后，她也递出一个样本册。与前两次不同的是，这次罗杰总算有了收获。因为这次拿到的样本册虽然还是一样的版本，但内容不尽相同。

"我就知道你们这儿有我想要的东西，"他一边快速翻阅，一边喋喋不休地说着，"因为是一个非常非常特殊的朋友推荐我来这里的。"

"是吗？"年轻的女店员尽力表现出一副很感兴趣的样子。女店员非常年轻，年轻到空闲时还有余力去学习销售技巧，而她学到的第一条销售规则就是对顾客的评价全盘接受。她在笔记本上写着，即便顾客说的话荒诞至极，例如一个算命术士说你今天将会收到一封来自远方陌生人的信，信上写着要给你一大笔钱之类的话，你也不能有所怀疑。"好吧，"她努力应承着，"有些人的确很特殊，是这样的。"

"天哪！"罗杰似乎被什么惊住了，"你知道吗？我身上正好有这位朋友的照片，实在是太巧了！"

"啊，真是太巧了。"女店员顺从地附和道。

罗杰拿出那张照片，递给对面的女店员："看，就是他，你认得他吗？"

女店员接过照片，端详了好一会儿："这就是你的朋友？的确是很特别啊，是的，我认得他，世界真小啊。"

"两周前，我朋友也到过这儿，"罗杰继续追问道，"是吗？"

女店员仔细想了想："是的，大概是两周前，我记得。是的，差不多就是那时候。您看，这是我们现在卖得最好的一种款式了。"

终于得到心中想要的答案，罗杰内心大喜。他购买了一堆自己根本用不上的信笺，一则是因为心情大好，二是因为女店员人实在是太好了，这么利用她实在令人心中有愧。

之后，他便返回家中吃午饭。

接下来的大半个下午，罗杰都在尝试买台二手的打字机。

罗杰特别指明打字机的机型必须是汉密尔顿4号，当销售员试图让他考虑别的型号时，罗杰看都没看一眼。他再次跟销售员强调是一个朋友向他强烈推荐了这款机型，这个朋友大约三周前就购买了一台二手汉密尔顿4号打字机。应该就是在这家店，难道不是？他们已经有两个月没有出售过这款机型了。真是奇怪了。

不过有一家店卖出过一台，这下事情变得更奇怪了。殷勤的店员立马翻查销售记录，发现那是一个月前卖出去的。罗杰向他描述了朋友的长相，店员立即确定这位朋友就是一个月前跟他买打字机的人。

"天哪，我才想起来，"罗杰几乎叫出声来，"我身上就带着我朋友的照片啊，我找给你看看。"他在口袋里翻了翻，然后惊讶地拿出了朋友的照片。

店员热心地接过照片仔细看了看,立即确定这就是一个月前跟他买打字机的客人。然后,他继续热情地向罗杰推荐一台二手的汉密尔顿4号打字机,这下这位热情的侦探不好意思拒绝了。罗杰发现,要是没有官方提供财力支持,侦探还真是个费钱的职业。不过,和菲尔德·弗莱明夫人一样,只要这个钱花得有道理,罗杰也不会心疼。

买完打字机后,他又回到家中喝茶,现在他要做的只是等候莫尔斯比总探长的来电了。

没想到,这个电话比他预想的来得早。

"是你吗,谢林汉姆先生?我这里现在有十四个出租车司机,都快把我的办公室挤爆了。"莫尔斯比没好气地说道,"他们全都是在你说的时间内从皮卡迪利广场载了客人到滨河大道,或是反向接载乘客的。你现在要我怎么处理?"

"总探长大人,我现在马上赶过去,在此之前还请您留下他们。"罗杰恭敬地回答道,然后一把拿过帽子急匆匆地出门了。他原本以为最多也就能找到三个司机,不过这事他可不想让莫尔斯比知道。

然而,罗杰与十四个出租车司机的面谈很简洁。面对这群满脸笑容的司机(罗杰猜测,在他抵达前莫尔斯比一定和他们相谈甚欢),罗杰依次向他们展示了同一张照片。为了不让莫尔斯比看见照片上的人,罗杰展示照片的时候还特别小心,然后问他们能否认出照片中的人是不是自己的乘客,结果没有一个人能认出来。

莫尔斯比总探长笑着放走了众人:"真可惜,谢林汉姆先生,破案过程中遇阻了吧?我没说错吧?"

罗杰朝他笑了笑,神情骄傲:"恰恰相反,莫尔斯比总探长,我就要结案了。"

"你说什么?就要结案了?"莫尔斯比惊讶得语无伦次,"你到底要干什么,谢林汉姆?"

"我以为你都知道呢,你不是在监视我们吗?"

"好吧。"莫尔斯比看起来有些局促不安,"跟你说句实话,谢林汉姆先生,我看你们那些人似乎都走偏了路,我就把我的眼线撤下了,我觉得没有继续监视的必要了。"

"哎呀、哎呀,"罗杰温和地说道,"真是稀奇。不过,世界真小,不是吗?"

"所以你查得怎么样了,谢林汉姆先生?我想你不会瞒着我吧?"

"怎么可能,莫尔斯比,这可是你的工作啊。我已经找出是谁给尤斯塔斯爵士寄巧克力了,你有没有兴趣了解啊?"

莫尔斯比看了他一会儿:"当然,谢林汉姆先生,如果你真的找到凶手了,我当然愿意洗耳恭听。"

"我当然找到了,"罗杰的语气非常平静,即便是布拉德利先生也不能比现在的他更冷静了,"只要我找齐了证据,我就会给你呈上一份调查报告——你留给我们的可真是一个有趣的案子。"罗杰忍住了哈欠,补充道。

"那它现在有趣吗,谢林汉姆先生?"莫尔斯比的声音有些激动。

"嗯,是的,它本身就挺有趣的。一旦你掌握了真正的要点,一切就变得极为简单,甚至简单得可笑。过段时间,我就会给你送去报告的。那么,再见了。"说完,他便扬长而去。

事实上,让罗杰神伤的时刻并未结束。

第十三章

这次轮到罗杰上台做报告了。

"先生们、女士们,作为这次实验的负责人,我想祝贺我自己。已经做过报告的三位成员向我们展示了什么叫细致入微的观察和鞭辟入里的分析,我想这不是一般探员所能比拟的。他们每个人在报告前都坚信自己已经解开了谜题,并且能够提供相应的证据支持自己的结论。因此,我想他们每个人都有资格说自己对案子的理解是正确的。

"即便是查尔斯公爵认定的嫌疑人——彭尼法瑟夫人,也是值得讨论一番的。虽然达默斯小姐为其提供了有力的不在场证明,但是查尔斯公爵仍可以说彭尼法瑟夫人存在同谋,并且可以引用她在巴黎时相当可疑的状况来加以佐证。

"说到这里,我想趁此机会收回我昨晚对布拉德利先生说的话,当时我说他心中认定的那位女士绝不可能犯下此等罪行,其实我说错了，我并不是很确定，我之所以那么说，是因为我个人对她的了解让我觉得此事难以置信。

"而且，"罗杰大胆地说道，"我有理由怀疑她对犯罪学感兴趣的初衷。我敢断定，事实与布拉德利先生认为的不一致。我想说的是，从心理学的角度看，她犯下此罪的可能性几乎为零。当然，布拉德利先生仍然可以相信她就是凶手。不管怎么说，嫌疑人的名单上肯定有她的名字。"

"我同意你的说法，谢林汉姆先生，从心理学上讲，她不可能是凶手。"布拉德利先生回应道，"我也是这么认为的，问题在于我所有的证据都指向了她。"

"你给出的证据也指向了你自己啊。"菲尔德·弗莱明夫人脱口而出。

"是的，可是证据指向我的时候并没有前后矛盾，也没有心理学上的不可能性，所以我并未感到困扰。"

"是的，"菲尔德·弗莱明夫人说道，"或许没有吧。"

"心理学上的不可能性！"查尔斯公爵粗鲁地喊道，"哎，你看看你们这些小说家，全都中了弗洛伊德的毒，一个个的都看不到人性了。我年轻的时候根本就没人讨论什么'心理学上的不可能性'。知道为什么吗？因为我很清楚这种东西压根儿就不存在。"

"换句话说，在特定的情况下，也许最不可能的人才是最可能的人！"菲尔德·弗莱明夫人补充道，"好吧，或许我比较老派，但我更倾向于查尔斯先生的说法。"

"比如康斯坦斯·肯特一案[1]。"查尔斯公爵随手拈来。

"还有莉齐·博登案[2]。"菲尔德·弗莱明夫人随声应和。

"以及整个阿德莱德·巴特利特案[3]！"查尔斯公爵甩出了最有力的王牌。

菲尔德·弗莱明夫人像是收牌一样做起了最后的总结："在我看来，张口闭口'心理学上的不可能性'的那些人，其实是把研究对象当成了自己创作的小说中的角色。他们把一定比例的自身心智状态注入了这些角色中，结果把自己也给蒙蔽了，不知道对他们来说不可能的事，或许对别人来说就是完全有可能的（不管有多么不切实际）。"

"我觉得有必要说句公道话，毕竟对所有的侦探小说迷来说，最不可能的人就是侦探小说最大的卖点啊。"布拉德利先生低声说道，"就是这样！"

"我们现在是不是应该听听谢林汉姆先生对这个案子的见解？"达默斯小姐建议道。

罗杰心领神会。

"我也想说现在这个实验已经变得越来越有趣了，已经做过报告的三位对谁是真凶都有自己的见解，我亦是如此。我心中的凶手另有其人，也就是说，即便达默斯小姐和区特威克先生与我

---

[1] 1860 年，康斯坦斯·肯特谋杀了同父异母的弟弟。
[2] 1892 年，莉齐·博登谋杀了父亲和继母。
[3] 1886 年，阿德莱德·巴特利特因被指控谋杀丈夫而受审。

们谁的意见一致，不再提出新的嫌疑人，那我们也有四种完全不同的可能性了。老实说，尽管我并没有刻意去追求这样的结果，但我还是挺期待出现这样的场面的。

"而且，正如布拉德利先生所说，谋杀案分为封闭型和开放型两种，这个案子恰好拥有无限可能性，因此我们站在不同的角度就会有不同的见解，这正是这个案子有趣的地方，举个例子，我的调查就是从尤斯塔斯爵士的私生活开始的。我相信从这个地方入手一定能找到破案的线索。我也认为线索会以一种'弃妇'的形式出现，这点我与布拉德利先生是一致的，弃妇心生嫉妒然后疯狂报复，最后一发不可收拾地变成一桩凶案。最后，还是与布拉德利先生一样，我从一开始接触这个案子，就认为此案一定是女性所为。

"我从尤斯塔斯爵士的情妇着手，我花了好些日子不停地收集证据，直到我确信自己已经完全掌握了尤斯塔斯爵士在过去五年的所有风流韵事和情妇名单。这事并不难。我昨晚也说过，尤斯塔斯爵士并不是一个谨言慎行的人。显然我没有掌握全部的情妇名单，因为布拉德利先生昨晚说的那位就不在我掌握的名单里。而且，要是存在一个疏漏，那就可能还有其他疏漏。这么说来，似乎尤斯塔斯爵士也有相当谨慎的时候。

"现在这些都不重要了。真正重要的是，一开始我断定作案的不仅是位女性，而且她近期当过尤斯塔斯爵士的情妇。

"但是我现在完全改变想法了。"

"啊？真的吗？！"布拉德利先生很是惊讶，"不要跟我说我全搞错了啊。"

"恐怕是的哦。"罗杰压低声音说道，尽量不让自己听起来胜券在握。不过，当一个人好不容易解决了一个难题，而这个难题又恰好困住了其他聪明大脑的时候，想要装出一副淡然的样子还真不容易。

"很抱歉我必须说一下，"他继续说道，并且尽量表现得谦逊，"我之所以改变了观点，并不全是因为个人敏锐的洞察力。坦白地说，这完全是出于运气。我在邦德街买帽子的时候偶然遇到了一个傻女人，我从她那里得到一个消息，这消息本身没什么重要的（告诉我这个消息的人一点也没意识到这个消息潜在的重要性），但是它立即就让我改变了对整个案子的看法。一瞬间我就意识到自己从头到尾都错了，而我犯的这个根本性错误正是凶手故意引导警方和我们去犯的。"

"有时候运气在破解谜案上还真是让人感觉奇妙。"罗杰若有所思地说道，"碰巧当时我正跟莫尔斯比总探长讨论这个案子。我告诉他，苏格兰场能破获这么多悬案、疑案纯粹靠运气——有时候关键证据莫名就出现了，或者因为丈夫在案发前刚好让妻子妒火中烧，所以妻子在出离愤怒下将重要的信息脱口而出。这样的事情时时都在发生。如果莫尔斯比想把这个故事拍成电影，我建议影片的名字就叫作《复仇运气》吧。

"于是这次运气真来了。正是因为在邦德街的偶然相遇，突然我就灵光闪现，明白了谁才是给尤斯塔斯·彭尼法瑟爵士寄送毒巧克力的人。"

"好、好、好！"布拉德利先生友善地表达了俱乐部成员们的想法。

"那送毒巧克力的到底是谁？"达默斯小姐等不及想知道答案了。很不幸，她就是不懂得如何制造戏剧效果。说到这件事，达默斯小姐还挺沾沾自喜，自己就不喜欢搞什么结构框架之类的，因此她的书中从没什么情节构造一说。那些惯用"价值观""本能反应"和"恋母情结"的小说家是不会在意什么故事情节的。"谢林汉姆先生，到底是谁让你灵光乍现、恍然大悟的啊？"

"这个嘛，首先还是让我们将整个故事理顺吧。"罗杰请求道。

达默斯小姐叹了口气。罗杰也是创作方面的个中好手，他应该知道，如今讲故事已经没人感兴趣了。但罗杰的书卖得很好，他出手的话应该没什么是不可能的。

罗杰丝毫没有注意到众人的反应，一脸从容地思索起来。当他再度开口讲话的时候，语气变得比之前更像是在闲话家常。

"这真的是一件特别的案子。可你——布拉德利先生和菲尔德·弗莱明夫人将其描述成一个由乱七八糟的案子堆成的大杂烩，这属实对凶手不公。或许这个案子的确借鉴了之前的案子，诚如菲尔丁[1]在其小说《汤姆·琼斯》中所言，为了完成一部原创作品，稍稍向经典学习，哪怕没有致谢，也都是合理合法的。这

---

1 即亨利·菲尔丁（Henry Fielding, 1707—1754），英国作家，"英国小说之父"，作品包括小说《约瑟夫·安德鲁斯》和《汤姆·琼斯》等。

个案子就是一部原创作品,它有一个特征,不仅能为它开脱所有抄袭借鉴的指责,而且能使其远胜其他同类型作品。

"这个案子注定要成为经典,要不是因为出现了一些微不足道的意外,凶手原本天衣无缝的计谋根本不可能被识破,此案也会顺理成章地成为经典疑案。总的来说,我还是认为此案是我见过的设计最完美的谋杀案(当然了,肯定也有设计得更完美的案子,只是不被当成谋杀案,我自然也就无从听说了)。它设计得如此精准,可谓别出心裁、大巧若拙,近乎无懈可击。"

"哼!也不是这么无懈可击吧,谢林汉姆先生,事实摆在眼前啊,对吧?"查尔斯公爵不以为然。

罗杰朝他笑了笑。

"当然了,要是你知道从哪儿去寻找作案动机,你肯定会觉得凶手的动机如此明显,问题是你不知道。一旦你掌握了作案手法的精髓,你肯定会认为手法如此重要,问题是你没掌握。当你意识到线索是什么的时候,你自然会认为线索显而易见,问题是你没意识到。事实上,一切都在凶手的预料中。整个案子就像一块肥皂被切成了细碎小块,散落一地,我们所有人的目光都聚焦在这些细碎上,自然也就看不见事物的全貌了。一旦你看清了,你就会发现这件案子谋划得真是漂亮。警方、大众、媒体——所有人都被算进去了。似乎没人能阻止凶手逍遥法外。"

"真的吗,谢林汉姆先生?"菲尔德·弗莱明夫人说道,"你真是说得越来越夸张了。"

"正是因为此案设计得如此完美,我才会这样动情。要是我是凶手的话，这两周我都忍不住天天给自己写赞歌。"

"其实，"达默斯小姐建议道，"你是想庆祝自己破案才写首赞歌吧。"

"我怎么不想呢？"罗杰坦率地承认。

"好了，我就从证据开始说起吧。说到这个，我必须承认我没有像布拉德利先生那样收集到那么多细节来证明自己的推论，但我认为你们都会觉得我的证据已经足够有说服力了。我也无法列出凶手必须满足的十二条来，不过你们马上就会发现，我对他说的十二条并不完全同意。

"前面两条我都同意，也能找出佐证来，凶手至少对化学和犯罪学知识要有基本的了解，但是我对第三条不敢苟同，我并不认为凶手必须接受过良好教育，而且对于那些接受过公学或者大学教育的人，我也并不能排除他们的嫌疑，至于理由，我稍后再作解释。至于第四条，凶手必须拥有或者能够得到梅森公司的信笺，我也不赞同。布拉德利先生认为拥有梅森公司的信笺让凶手有了作案的思路，这个想法是很好，但我觉得布拉德利先生弄错了。我认为是之前的案子让凶手有了灵感，选择将巧克力当作行凶的媒介（其实这是个很好的选择，我稍后会解释），这样一来，梅森公司作为最重要的巧克力生产方，凶手自然有必要获得一张该公司的信笺，接下来我会向大家展示这一切是如何做到的。

"至于第五条，我认为需要调整一下。我不认为凶手必须拥有或有机会使用一台汉密尔顿 4 号打字机，但是我同意凶手一定曾经拥有过。换句话说，这一条应该改成凶手过去一定拥有，或有机会使用到汉密尔顿4号打字机。大家要记得，我们面对的是一个非常狡诈的凶手，这也是一场精心谋划的谋杀案。因此我认为像打字机这样直指凶手的证物不可能这样明晃晃地摆在那里，等着人去发现。更有可能的是凶手为此专门买了一台机器，而且从信笺上的字迹也可以看出明显不是一台新机器打出来的。因此，我大胆推测，并且花了整整一个下午去二手打字机店调查，最后终于找到了凶手购买二手打字机的地方，证实了我的猜测。我还给店员看了我随身携带的一张照片，店员一眼就认出了凶手。"

"那么，那台打字机现在在哪儿呢？"菲尔德·弗莱明夫人急切地问道。

"八成已经沉入泰晤士河底了。这就是我的观点，我口中的凶手是不会冒任何风险的。

"说到第六条，凶手在八点半到九点半这段关键时间里一定出现在南安普敦街一带，这条我没有意见。我的凶手的确有不在场证明，不过并不是真的。接下来的两条，也就是关于钢笔和墨水那两条，这两样我并没有查证。尽管我赞同拥有它们会是很好的佐证，但我并没有太关注它们，毕竟欧尼斯钢笔和哈菲尔德墨水随处可见，没什么值得争论的地方。就算凶手没有这两样东西，他也可以随便找人借支钢笔用一下。最后，关于凶手的创造力、心灵手巧以及下毒者的特殊心理状态，这些我都同意，但是我不同意下毒者偏爱对称之美这个观点。"

"噢，别这样，"布拉德利先生痛苦地说道，"我的推理很有逻辑好嘛，我觉得完全站得住脚啊。"

"可惜在我这儿站不住脚。"罗杰反驳道。

布拉德利先生无奈地耸耸肩。

"我感兴趣的是那张信笺，"查尔斯公爵说道，"在我看来，这才是破案的关键所在，不管作案的人是谁，他都需要解决这个问题。谢林汉姆先生，你又如何解释凶手拥有梅森公司信笺这件事呢？"

"那张信笺，"罗杰说道，"是大约三周前从韦伯斯特印刷厂的信笺样本册中被抽出来的。擦除的部分正是韦伯斯特印刷厂的一些标识，比如价格什么的'此款，5先令9便士'。韦伯斯特印刷厂一共有三个样本册，里面的内容完全一样，其中两册都有梅森公司的信笺样品，唯独第三册没有。而且我可以证明，我怀疑的人三周前的确接触过那本样本册。"

"你可以证明吗？"查尔斯公爵很是惊讶，"听起来证据确凿的样子，但你是怎么想到去查那些样本册的呢？"

"当然是信笺泛黄的边缘，"罗杰回答得很是自豪，"一沓纸叠放在一起的时候，边缘是不会褪色成那个样子的，所以我断定这张信笺一定是单独存放的。我走在伦敦街上，突然想到，印刷公司会将单张信笺钉在厚纸板上，然后放在橱窗里展示。只是这张信笺上并没有图钉扎过，或者任何被固定在纸板上的痕迹。何况，想要把信笺从纸板上取下来也不是一件简单的事。那么，除此之外，还有什么别的办法可以拿到单张信笺呢？显然只有样本册了，这种东西在印刷公司通常都能找到。所以我就去了印制梅森公司信笺的印刷厂，在那儿，我发现有张梅森公司的信笺样品不见了。"

"嗯，"查尔斯公爵嘟囔着，"听起来挺有道理的。"说完，他叹了口气。任何人都看得出来他很落寞，仿佛眼睁睁地看着彭尼法瑟夫人渐渐远去，看着自己围绕她构建的推论就这么土崩瓦解。很快，他又豁然开朗了，因为这次他又变换了角色，渐行渐远的人变成了他自己，那个围绕着他建构的推论也一点点溃散消失了。

"现在，"罗杰感觉不能再拖拖拉拉了，于是坚定地说道，"我们来说说我刚刚提到的根本性错误，这也是凶手故意给我们设的圈套，我们几乎齐刷刷地全都栽进去了。"

听到这里，所有人都直起了身子。

罗杰亲切地扫视全场。

"你差点就要识破这个圈套了，布拉德利先生，昨晚你随口说起尤斯塔斯爵士可能并不是凶手真正的目标。你说对了，但我想说，真相还不限于此。"

"就算这样，我也还是掉进了凶手的圈套？"布拉德利先生神色痛苦，"好了，你就别卖关子了，到底是个什么圈套，让我们所有人都栽了进去？这个根本性的错误到底是什么？"

"唉，"罗杰得意地说道，"就是凶手想让你们以为计划出现了变数——有人被误杀了啊！"

正如罗杰所料，惊闻此言，全场哗然。

"什么？！"每个人都感到不可思议，"天哪，你不会是说——"

"没错，"罗杰扬扬得意地说道，"这正是这个案子的美妙之处。事实上，凶手的谋划并未出现意外，反而实施得极为成功。从头到尾并没有出现所谓的误杀，凶手杀掉的正是他想杀之人。"

"这到底是怎么一回事？"查尔斯公爵惊得目瞪口呆，"你是怎么知道的？"

"一直以来凶手的目标就是本迪克斯夫人，"罗杰继续认真地说道，"这就是为什么我说此案的情节如此精巧。每件事都在凶手的预料之中。凶手早就预料到，包裹被打开的时候，如果本迪克斯先生恰好出现在尤斯塔斯爵士身边的话，后者就一定会把巧克力送给他。凶手也预料到警方一定会从尤斯塔斯身上着手调查，而不是从死者的人际圈查起。凶手甚至预料到，这件案子会被认定是女性作案，就如同布拉德利先生推测的那般，事实上，凶手是考虑到毒杀的目标是位女性，才使用的巧克力。"

"好、好！真好！"布拉德利先生赞叹道。

"这就是你的推论，"查尔斯公爵跟着说道，"凶手其实与死者有关，反倒与尤斯塔斯爵士无关？"他的语气听起来并没有反对之意。

"没错，"罗杰确认道，"先让我来告诉你们我是如何识破这个陷阱的。我在邦德街听到的重要信息是：本迪克斯夫人早就看过《嘎吱作响的骷髅头》那部戏了。此事确凿无疑，因为本迪克斯夫人是与告知我此消息的人一起去看的。我想，这个消息的重要性你们肯定能懂，这意味着她与丈夫打赌时，其实早已知晓了答案。"

众人无不深吸一口气,认可了此消息。

"啊!那这可真是天大的讽刺啊。"达默斯小姐又发挥起她那冷静客观看待问题的才能,"那她这是自食恶果喽,打赌赢了,命丢了。"

"是的,"罗杰说道,"提供给我信息的人也觉得特别讽刺。在她看来,与其说这是一桩犯罪案,不如说是因果报应。但我并不这么认为。"罗杰的语气很平和,似乎在努力克制得意,"我想,你们或许还没有明白我真正的意思。"

所有人都一脸疑惑地看着他。

"你们都听过本迪克斯夫人的相貌描述,所以一定可以在脑海中勾勒出她的样子。她是一位正直诚实的女士,不管是交易还是玩游戏,凡事都讲究公平公正(给我提供消息的人是这么说的),试想,这样一个人会在已经知道答案的情况下与人打赌吗?这种事符合她的形象吗?"

"啊!"布拉德利先生率先明白过来,他点了点头,"真是干得漂亮!"

"正是如此,(抱歉了,查尔斯公爵)这就是'心理学上的不可能性'。查尔斯先生,真的就是这样的,很难想象本迪克斯夫人会为了找乐子而干这样的事情,而且我相信找那种乐子也绝非她的兴趣所在。

"所以,"罗杰神采奕奕地总结道,"这不是她的行事风格;所以,她不可能打那个赌;所以,那个打赌其实根本就不存在;

175

所以，本迪克斯先生撒了谎；所以，本迪克斯先生想获得那盒巧克力，并不是出于他所说的理由；而巧克力被下毒，也就只有一个理由了。

"以上就是我的推论。"

第十四章

罗杰对案件颠覆性的理解立即引来全场哗然，待到众人冷静下来，罗杰继续将自己的推论娓娓道来。

"一想到本迪克斯先生竟是谋杀妻子的狡诈凶犯，的确令人震惊。一旦摆脱了所有的偏见，这件事听起来也就顺理成章了。所有证据，不管多么细微，都支持着这个结论。"

"但是动机呢？"菲尔德·弗莱明夫人突然大叫。

"动机？天哪，他的动机还不够吗？首先他明显——不，不是明面上，是私底下！——已经厌弃了她。还记得别人怎么描述他的吗？他年轻时可是风花雪月、放浪形骸啊。很明显，婚后他并没有真的浪子回头，因为他的名字还是经常与一些女性纠缠不清，而且是非常老套的一些所谓的女明星。所以，本迪克斯先生绝不是什么正经持重之人，他喜欢玩乐，而他的妻子，可以想象，应该是这个世上最无法与他共情的人了吧。

"虽说本迪克斯先生图的一直都是妻子的钱,但是娶她的时候也并非全然不爱,只是很快他就对妻子感到厌倦了。"罗杰的语气很是公正,"说句公道话,这事也不能怪他。一个女人,不管多么有魅力,如果她一天到晚喋喋不休的都是荣耀、责任和规矩,我想任何一个正常男性都会感到厌倦。据知情人士透露,本迪克斯夫人就是这种女人。

"鉴于此,我们再来看看他们的家庭。妻子绝不会忽视任何一个细微的过失,丈夫任何一个疏忽过错都会被念叨好几年。妻子做的一切都是对的,而丈夫则是做什么错什么。妻子的高尚正直与丈夫的卑劣可憎会一直形成鲜明对比。她甚至可能把自己变成几近癫狂的怪物,整个婚姻生活中对丈夫只有痛斥,指责他不该拈花惹草,甚至连他们相遇前的旧账也要翻出来鞭笞,然后抱怨自己婚姻不幸嫁错人。不要以为我是在刻意抹黑本迪克斯夫人,我只是在向你们展示与她结婚后的生活有多么难以忍受。

"但这并不是主要动机。真正的问题在于她把钱抓得太紧了,这件事我也知道,确是实情。就是这件事让她被判处了死刑。本迪克斯先生想要她的钱,或者想要她的一部分财产,而且是迫切想要(这也是本迪克斯先生娶她的原因),只可惜她不愿分享。

"我最先做的事情之一就是查询了《董事名录》,将他有股份的公司列出来一张名单,然后逐一去获取这些公司的财务机密报告。我出门的时候,这份报告才送到我手上。这份报告上的内容与我料想的一模一样。他占股的这些公司全都出现了财务危机,有些情况还算轻微,但有一些已经岌岌可危、濒临破产。可以说,这些公司都急需资金救命。现在情况显而易见了吧,不是吗?本迪克斯先生不仅没钱了,而且需要更多的钱来解决眼前的困境。我又找时间去了一趟萨默塞特法律事务所,情况再一次如我所料:本迪克斯夫人的遗产全部归本迪克斯所有。所以真正的重点(几乎从未有人怀疑过)是本迪克斯先生压根儿就不会做生意,他简直烂透了,而五十万的亏损……好吧!"

"噢,是的,五十万就足以成为他的杀人动机了。"

"这个动机还说得过去,"布拉德利先生说道,"那硝基苯怎么说?我没记错的话,你好像说过本迪克斯先生对化学有一定了解。"

罗杰大笑:"布拉德利先生,你让我想起了瓦格纳[1]的一部剧。但凡提到一个可能的凶手,你就要问一遍硝基苯的事,我相信我的回答会让你满意。你知道硝基苯是用于生产香料的,而本迪克斯先生参股的公司当中就有一家叫作'盎格鲁-东方'的香水公司。为此,我还冒了很大的风险专门去了一趟阿克顿,目的就是调查盎格鲁-东方香水公司是否在生产中使用了硝基苯;如果使用了,它的毒性又是否被充分告知。这两个问题都得到了肯定的回答。所以毫无疑问,本迪克斯先生对硝基苯是非常熟悉的。

"他可能很轻松就能从工厂里弄出些来,但是我认为他不

---

[1] 即理查德·瓦格纳(Richard Wagner,1813—1883),德国作曲家,尤以浪漫歌剧著名,常以德国的传说为作品基础。作品包括《汤豪舍》和四幕歌剧《尼伯龙根的指环》等。

会这么做，他一定有比这更聪明的办法得到硝基苯。有可能是他自己制作出来的，如果制作过程真的如布拉德利先生说的那么容易的话。因为我恰好知道他在塞尔切斯特学院读书的时候支持现代科学派（我也是偶然听说的），这也就说明他一定具备基本的化学知识。这点你同意吗，布拉德利先生？"

"同意，我亲爱的硝基苯。"布拉德利先生甘拜下风。

罗杰的手指像打鼓一样在桌面敲打，"这是一桩精心策划的案子，不是吗？"他认真思索起来，"重现整个作案过程也极其容易。本迪克斯先生一定认为自己已经做到毫无破绽、天衣无缝了。事实上他也几乎做到了，但是跟很多精心策划的犯罪一样，运行顺畅的机器里偏偏掉进了一粒沙子，他千算万算终归没有算到他的妻子之前已经看过这部戏了。你看，他还为自己找了个合适的不在场证明——剧院看戏，就是怕万一有人怀疑到他身上好有个说辞。不用想也知道一定是他想去看戏，然后叫上妻子一起的。为了不扫他的兴，妻子只好无私地隐瞒了自己看过这部戏的事实，即便不想再看一遍也还是陪他去了。没想到，就是妻子的这份无私让他的计划有了破绽。因为本迪克斯夫人是不可能利用已知剧情的优势去赢那个赌局的，所以这个赌局一定是本迪克斯先生捏造的。

"在第一个中场休息时间，本迪克斯先生离开了剧院，然后利用这十分钟匆忙投递了包裹。而且，我昨晚还到剧院看了一整晚的恐怖大戏，目的就是看看中场休息时间是什么时候。结果，发现第一个中场休息时间完美契合了凶手投递包裹的关键时间。

我曾猜想他是搭乘出租车去的南安普敦街，因为时间非常紧迫，如果他真的这样做的话，为何当晚在该时段、该区域载过客的司机竟没有一个能指认出他来？还是说，载他的那个司机还没被我们找到？我去了苏格兰场做了深入调查，结果还是一无所获，或许最有可能的情况是他乘坐了公交车或者地铁，这也最符合他在整个事件中展现出来的心细狡诈。他肯定知道乘坐出租车是可以被追踪的，所以才选择了公共交通。要真是如此的话，那他跑得还真快。如果他晚几分钟回到包厢，我都不会这么惊讶。这些情况警方应该都可以查证的。"

"这样看来，"布拉德利先生评论道，"当初我们拒绝他入会还是个错误了。当时我们都觉得他对犯罪学的了解还达不到标准，是吧？唉，可惜。"

"可我们都没想到他不只是个理论派犯罪学家，还是个实践派，"罗杰笑道，"就算这样，没把他招进来还是挺遗憾的。要是我们俱乐部成员当中有一个实践派犯罪学家，那该多有趣啊。"

"这一点我必须坦白，我个人曾以为我们当中就有一个实践派，"菲尔德·弗莱明夫人一边说，一边开始求和，"查尔斯先生，我真心地向你道歉。"她又补了一句，好像不点名道姓，众人就不知道她说的是谁一样。

查尔斯公爵亲切地颔首致意："别这么说，大人，不管怎样，这也算是一种有趣的经历呢。"

"我可能受到了误导，"菲尔德·弗莱明夫人歉疚地说道，"就是我提到的那个旧案，这两件案子实在太像了。"

"我也是第一时间想到了那桩案子,"罗杰赞同,"我仔细研究了'莫利诺案',希望能从中获得一些线索。现在,如果你问我与本案相似的案件,那我一定会说'卡莱尔·哈利斯案'。不知道你们是否还记得,年轻的医学生卡莱尔·哈利斯给女孩海伦·波茨寄了一颗含有吗啡的药丸。后来才知道,他俩其实已经偷偷结婚一年了。这个卡莱尔也是个浪荡公子哥儿,整日纸醉金迷。你们知道的,有一部很棒的小说就是以此为蓝本写就的,所以这又何尝不是一次很棒的犯罪呢?"

"谢林汉姆先生,那为什么,"达默斯小姐想要多了解一些,"本迪克斯先生不找机会毁了那封伪造的信和包装袋呢?留下它们岂不是有很大的风险?"

"这件事他可是经过深思熟虑的,他是特意没有这么做,"罗杰立即回复道,"因为伪造的信笺和包装袋不仅可以帮他摆脱嫌疑,还可以将投毒杀人的嫌疑转嫁到其他人头上,比如,梅森公司的员工,或者某个不知名的宗教狂徒,大家不就是这样上当了吗?"

"但是把有毒的巧克力寄给尤斯塔斯爵士,这样做不会风险太大了吗?"区特威克先生羞怯地发表了意见,"我的意思是,本迪克斯先生怎么能算到尤斯塔斯爵士第二天就一定会去俱乐部呢,万一他生病了,那岂不是就不能把巧克力递到自己手上了吗?又或者尤斯塔斯爵士没把巧克力给本迪克斯先生,而是给了别人呢?"

罗杰可不管区特威克先生的羞怯,继续自顾自地说着。此刻，他好像莫名对本迪克斯先生产生了一种崇拜感，甚至听见有人对本迪克斯先生言辞不敬都会让他抓狂。

"噢，是嘛！这你就必须夸一夸我的本迪克斯先生了。他可不蠢。就算尤斯塔斯爵士那天早上生病了，或者自己把巧克力给吃了，又或者巧克力在运输的过程中被偷了，然后被邮递员最疼爱的女儿给吃掉了，再或者其他任何不太可能的突发状况，都不会产生什么严重后果。拜托，区特威克先生，你不会真的以为他是通过邮局寄送的毒巧克力吧？当然不是这样的。他寄的根本就是无毒的巧克力，只是在拿巧克力回家的途中调了包而已。本迪克斯先生是绝不会让计划出现变数的。"

"原来如此！我明白了。"区特威克先生低声感叹，他完全折服了。

"我们现在面对的是一个非常厉害的凶犯，"罗杰继续说道，只是语气明显缓和不少，"这一点在很多地方都可以得到证明。就拿到达俱乐部这件事为例吧。那天他不同寻常地早早到了俱乐部（如果不是心中有鬼，为什么要这么早到呢？），没有在外面等候，而是一前一后地和不知不觉做了帮凶的尤斯塔斯爵士走了进来。他可是一点也没等啊，时间卡得刚刚好。尤斯塔斯爵士之所以被选中，就是因为他是出了名的守时，一定是每天上午十点半到达俱乐部，对此他深以为傲，还四处吹嘘自己保持了传统美德。本迪克斯先生也选择在十点半左右抵达，就是为了让一切显得如此自然。顺带一提，我刚开始一直想不通为什么巧克力是寄到俱乐部，而不是直接寄到尤斯塔斯爵士家里，现在看来一切都很明了了。"

"好吧，现在看来我列出来的那些条件也并不是全然离谱，"布拉德利先生安慰自己，"只是，谢林汉姆先生，为什么你不同意我所说的凶手不是毕业于公学或者大学？难道是因为本迪克斯先生刚好毕业于塞尔切斯特学院和牛津大学吗？"

"并不是，其实你说的很有道理，只是我还想说得更准确些，公学或大学培养的那套行为准则可能会影响凶手杀害其他男性的方式，却不会影响凶手杀害女性。我同意你说的，如果本迪克斯先生真的想将尤斯塔斯爵士除之而后快，他一定会以一种更有风度、更光明正大也更爷们儿的方式进行。如果一个人想除去的是女性，那刚刚说的这些就不在他的考虑范围内，必要时他甚至会选用木棒或类似的东西直接爆头。我认为下毒就是很不错的选择，一剂足量的硝基苯下去，受害者也不会有什么痛苦，很快就不省人事了。"

"你说的没错，"布拉德利先生承认道，"我说的那些都是凶手非心理层面的特质，相较之下，你说的的确准确得多。"

"我也仔细考虑了你列出来的其他条件。说到凶手做事有条理这条，你是从凶手给巧克力注射毒药的精准剂量中推出来的吧，我认为凶手之所以下毒如此精准，就是为了确保不管自己拿了哪两颗巧克力都能摄入精准剂量的硝基苯，这样既可以出现自己预想的症状，又不至于真的伤及自身性命。给自己也下毒这一招儿可真称得上大师手笔。况且对于巧克力这样的甜食，男性比女性吃得少本身再正常不过了，一切都显得如此天衣无缝。当然，本迪克斯先生肯定夸大了自己的中毒症状，但是他这么做的效果很惊人，成功地将自己也变成了受害者。

"有件事我们不能忘了，本迪克斯夫妇俩在客厅里吃巧克力时的对话内容全都是本迪克斯先生的片面之词，就好比他俩看戏时的打赌一样，全是本迪克斯先生一人之言，可信度仍有待查证。我相信，对话中的大部分内容都是真的，因为本迪克斯先生实在是一位伟大的犯罪艺术家，他的话一定是真假参半。不过，那天下午他肯定不会先行离开，他一定要亲眼看见本迪克斯夫人吃下，或者想方设法让她吃下至少六颗的量才会心安，因为只有这样才能确保毒药的剂量足以致命。这也进一步体现了每颗巧克力中都是精准的六量滴毒液的好处。"

"这样看来，"布拉德利先生总结道，"我们的本迪克斯大叔真是一个了不得的人。"

"的确如此。"罗杰郑重地回应道。

"所以你确认无疑，他就是真正的凶手咯？"达默斯小姐询问道。

"确认无疑！"罗杰说道，不过被达默斯小姐这么一问，他还是有点惊讶。

"嗯。"达默斯小姐不置可否。

"怎么了，你有疑问？"

"嗯。"达默斯小姐还是一语不发。

对话就这样僵在那里。

"好吧，"布拉德利先生提议道，"那我们就来说说谢林汉姆先生他错在哪儿，可以吗？"

菲尔德·弗莱明夫人面露难色，"恐怕，"她的声音小得可怜，"他是对的。"

但是布拉德利先生并不愿就此作罢，"我觉得我还是可以找出一两个漏洞的。谢林汉姆先生，你似乎很在乎作案的动机，但你是不是说得夸张了点？一个人就算厌倦了妻子也不至于将其残忍杀害，直接离开她不就好了。另外，有两件事我仍觉得难以置信。第一，本迪克斯先生会为了拿钱去救自己一败涂地的生意而甘愿犯下杀人重罪吗？第二，如果本迪克斯先生真的走投无路，本迪克斯夫人真的会吝啬到见死不救吗？"

"你要这么说，那我就觉得你真的不了解他们两位的性格。"罗杰告诉他，"他们两个都是极为固执之人。而且意识到本迪克斯先生的生意已经一败涂地无力回天的并不是他自己，而是他的夫人。说实话，我可以给你列出一堆嫌疑人，但是没有谁会比本迪克斯先生更有作案动机了。"

"那动机就没问题了。不过，你记不记得本迪克斯夫人死亡当天是有一个午餐约会的？虽然后面又取消了。本迪克斯先生知道这件事吗？如果他知道的话，他还会选择这天动手吗？他妻子都不在家吃午餐，选择在这天将包裹寄到就不怕计划落空吗？"

"这也正是我想问的。"达默斯小姐说道。

罗杰却是一脸疑惑："在我看来，你问的问题是最不重要的问题。硬要讨论这个问题的话，我想问，为什么你们觉得本迪克斯一定要在午餐时间把巧克力送给妻子呢？"

"这么做有两个理由，"布拉德利先生从容地回复道，"第一，本迪克斯先生肯定想尽快实现作案目标；第二，他的妻子是唯一一个可以拆穿他捏造打赌一事的人，所以他自然要尽快杀人灭口。"

"你这是在诡辩，"罗杰不屑地笑了笑，"我不跟你瞎扯。对于这件事，我不认为本迪克斯先生事先知道妻子有约。他们经常在外面就餐，两个人都是，所以我不觉得他们每次在外吃饭都需要提前向对方报备。"

"嗯哼！"布拉德利有些不服气，一边摸着下巴，一边哼哼着。

区特威克先生再次鼓起勇气抬起他那受挫的头颅："谢林汉姆先生，你对整个案子的推导都是建立在那个打赌之上的，对吗？"

"没错，我就是从那件事得出了心理层面的推断。"

"这么说的话，要是那场打赌被证实是真的，那你的推论岂不是瞬间倾覆了？"

"你何出此言？"罗杰感叹道，语气明显慌了，"你难道有证据表明那场打赌是真的？"

"啊？不、不、不，我就这么随口一说。我只是在想啊，要是有人想推翻你的推论，就像布拉德利所言，那他就会专攻那个打赌了。"

"你的意思是说，对动机的争论，还有午餐的约会，诸如此类的小事全都跑题了？"布拉德利先生温和地说道，"噢，对了，我这么说不是要反对啊，我只是想考验一下他的推论，并不是想推翻它。为什么我要这么做呢？因为我相信他的推论就是对的，真金不怕火炼嘛。我想，毒巧克力命案已经接近尾声了。"

"谢谢你，布拉德利先生。"谢林汉姆先生说道。

"那么，现在请为我们的神探主席，"布拉德利先生情绪高昂地说道，"还有本迪克斯先生欢呼吧！感谢本迪克斯先生给我们提供了这么宝贵的较量机会，耶！耶！"

"你说你确定凶手购买了打字机，并且去韦伯斯特印刷厂接触了样本册，对吗，谢林汉姆先生？"达默斯小姐问道，显然，她有一套自己的想法。

"是的，达默斯小姐。"罗杰得意地说道。

"你能告诉我打字机店的名字吗？"

"当然。"说完，罗杰从笔记本上撕下一张纸，在上面写上打字机店的名字和地址。

"谢谢，还有一件事，你能不能描述一下韦伯斯特印刷厂的那个女孩长什么样？就是那个认出本迪克斯先生照片的那个女店员。"

罗杰有些不安地看着她，达默斯小姐看他的眼神一如往常的平静。罗杰越发觉得不安了。他仔细想了想当日见面的场景，然后尽可能准确地向达默斯小姐描述了印刷厂女店员的模样。达默斯小姐依旧平静地表达了感谢。

"好了，各位，既然现在案子已经真相大白了，那我们接下来该怎么办？"布拉德利先生兴奋地说道，他似乎已经成了主席的御用主持人,"我们要不要派个代表团去苏格兰场通知他们案子已经破了?我和谢林汉姆先生是肯定要去的。"

"你是不是觉得大家都同意谢林汉姆先生的推论?"

"当然!"

"按照惯例,这个问题我们不是应该投票决定吗?"达默斯小姐冷冷地说道。

"对,还需要'一致通过'!"布拉德利先生又模仿起主席的话,"现在就让我们来投票决定吧。嗯,谢林汉姆先生提议:本次会议认为谢林汉姆先生对毒巧克力命案的推论为正确解答,并特派由谢林汉姆先生和布拉德利先生组成的代表团前往苏格兰场将此事正式告知警方。我第一个投赞成票,还有谁支持的?菲尔德·弗莱明夫人?"

菲尔德·弗莱明夫人虽然同意布拉德利先生的提议,却很看不上布拉德利的做法,只是她努力克制着不让别人看出来,"我当然同意谢林汉姆先生的推论是正确的。"她拘谨地说道。

"查尔斯公爵,你呢?"

"我也同意。"查尔斯公爵说道,语气相当严肃,很明显,他也不喜欢布拉德利先生的轻浮做派。

"区特威克先生呢?"

"我也赞成。"不知是罗杰的幻觉,还是区特威克先生在说话前犹豫了那么一下,他好像有什么话想说,却欲言又止。不过,罗杰最后还是认为自己看错了。

"还有达默斯小姐,你呢?"布拉德利先生总结道。

达默斯小姐冷静地看了一眼众人："我一点也不同意。谢林汉姆先生对案子的解说的确很精彩，不愧是犯罪研究俱乐部的主席。但我并不赞同他的观点，我认为他全都弄错了。大家等明天吧，明天我将向各位证明谁才是真正的凶手。"

达默斯小姐说完，所有人都目瞪口呆地看着她，心中还有些佩服她的勇气。

罗杰怀疑自己的耳朵是不是听错了，甚至舌头也没了知觉，好久才挤出一点声音。

布拉德利先生率先回过神来："投票未能一致通过。主席先生，这可是第一次出现这种情况。有谁知道提议没有一致通过该怎么办吗？"

罗杰还没缓过神来。鉴于主席暂时失去了主持能力，达默斯小姐决定亲自主持大局。"今天的会议到此结束吧。"她宣布。

于是，会议就此结束。

第十五章

第二天晚上,罗杰比往常更迫切地赶到了俱乐部的会议室。他内心深处还是无法相信达默斯小姐能够推翻他对本迪克斯先生的指控,他甚至觉得自己的推论是无法撼动的。不管怎样,她昨晚说的话还是一石激起千层浪,即便她并未正面反对罗杰的观点,但还是引起了大家极大的兴趣。事实上,相比其他成员的报告,罗杰对达默斯小姐的报告一直是格外期待的。

艾丽西亚·达默斯小姐可以说是这个时代的一面镜子。

要是她早出生个五十年,恐怕很难看到她能生存下来,更别说她能成为那个时代的女性小说家了。她总是那么与众不同(在大众的眼光看来,她就是个怪人),永远戴着白色的棉质手套,永远态度强硬,对于爱情虽说不上歇斯底里的渴望,但也总是热情不衰,只可惜她的外表注定让她无法如愿。达默斯小姐的手套,就和她的衣服一样,总是那么优雅精致,其实打从十岁起她就没穿过棉质的衣服了（如果她也有过豆蔻年华的话）；她向来喜怒不形于色，如果说她还有那么一丝怜悯之心，那也一定被她深藏心底，从不示人。达默斯小姐虽然总是高高在上，但如果她对少数群体中的现象感兴趣的话，也完全不在意所谓的矜持与尊贵。

从戴着棉质手套的毛毛虫到经历蚕茧的孕育阶段（菲尔德·弗莱明夫人就是卡在了这个阶段，无法继续转化），这位女性小说家俨然蜕变成了一只超凡脱俗的蝴蝶，美丽而深邃，周身的图案正是如今的周刊图册上流行的样式。这是一只会因为分析思考而眉头紧蹙的蝴蝶，是一只反讽成性、牙尖嘴利的蝴蝶，是一只会剖析人们心思的蝴蝶（说句实话，有时她太喜欢揣摩人们的心理了），也是一只超然无私的蝴蝶，优雅地从一段颜色艳丽的心理情结飞入另一段；有时她也毫无幽默感，是一只索然无味的蝴蝶，连采集的花粉也因此变得暗淡无光。

达默斯小姐风姿卓绝，她那典雅的鹅蛋脸、精致的五官，尤其是那双灰色的明亮双眸，还有她那高挑的身姿、美丽绝伦的装扮，让任何想象力正常的人都不会将她与小说家扯上关系。在达默斯小姐看来，这倾世的容颜，加上创造佳作的才华，才是正常的现代女作家希望达到的目标。

从没有人敢问达默斯小姐，为何她自己从没有经历过的情感，她却能分析得头头是道，或许是因为心怀此问的人也明白，达默斯小姐既有办成此事的能力，也有很多办成此事的成绩。

"我们昨晚听了一场精彩绝伦的报告，"第二天晚上九点过五分的时候，达默斯小姐开始说道，"针对这个案件，谢林汉姆先生提出了一套非常有趣的推论。谢林汉姆先生的方法，如果我可以这么说的话，是我们的典范。他一开始运用了演绎法，顺着这个路子找到了作案的凶手，然后他又采用归纳法证明了自己的推论。如此一来，两种可能的最佳方法都被他派上用场了。然而，如此精巧的混合法是建立在一个谬论上的，这也导致谢林汉姆先生注定找不到正确的解答，不过这不是他的错，纯粹只是他运气不好罢了。"

罗杰半信半疑地笑了笑，他还是无法相信自己竟然没有接近真相。

"对我们某些人来说，谢林汉姆先生对这桩案子的解读是极为新颖的。"达默斯小姐继续说道，她的语调还是那么平稳，"在我看来，他的解读更多的是有趣而非新颖，因为我们破案的出发点几乎是一样的，换句话说，凶手并没有杀错人。"

罗杰顿时来了精神，听得越发仔细了。

"正如区特威克先生指出的那样，谢林汉姆先生对整件事的推论都是建立在本迪克斯夫妇的那个打赌上的。从本迪克斯先生对那场打赌的描述，谢林汉姆先生得出了心理层面的结论，那就是打赌根本就不存在。不得不说这个方法很聪明，只可惜结论是错的。谢林汉姆先生对女性心理的理解显然是太浅显了，鉴于我比他对女性同胞们更了解，我从中得出的结论是：本迪克斯夫人并没有像她自己装出来的那般令人敬重。"

"当然，我也考虑过这个，"罗杰据理力争，"因为存在逻辑

193

上的问题，所以就放弃了这个想法。毕竟本迪克斯夫人生活检点，完全看不出她不诚实的一面，反倒证实了她是一个正直的人。既然没有证据表明他们打过这个赌，仅凭本迪克斯先生的一面之词——"

"哦，证据是有的，"达默斯小姐接过他的话，"我今天主要做的事情就是来证明我刚刚提到的观点，我知道除非我给出证据证明那场打赌真的存在，否则我无法说动你。你先别急着难受，谢林汉姆先生，我确实有充足的证据表明那场打赌真的发生了。"

"你有证据？"罗杰还是一脸难以置信。

"当然。一想到打赌这件事在你的推论中的重要性，就觉得你真的应该亲自去证实一下，"达默斯小姐温柔地责备道，"这么说吧，我找到了两个目击证人。本迪克斯夫人在上楼回卧室休息的时候，跟她的女仆提到过这个打赌，说（和你说的一样，谢林汉姆先生）她胃痛得厉害，怕是遭到了这个打赌的报应。第二个目击证人是我的朋友，她也认识本迪克斯夫妇。她说，那场戏下半场的时候，她看见本迪克斯夫人独自坐在包厢里，就径直进去与其攀谈了几句。在她俩的对话中，本迪克斯夫人也提到了她与本迪克斯先生关于谁是反派的打赌，顺便还提到了她心中猜想的答案，只是（这也完全证实了我的推论）本迪克斯夫人并未告诉我的朋友，她之前就看过这部戏。"

"哦。"听到这里，罗杰就像泄了气的皮球。

达默斯小姐跟他说话的时候语气极尽温和，生怕再伤害他，"从那场打赌中只能推出两个结论，很不走运，你选择了错误的那个。"

"那你又是怎么知道本迪克斯夫人之前就看过这部戏呢?"罗杰第三次提出疑问,"我只是几天前才偶然得知的。"

"噢,从一开始我就知道了,"达默斯小姐漫不经心地说道,"我想韦诺克·马歇尔夫人也告诉过你吧?我个人与她并没有交集,但我认识的人当中有人与她相熟。昨晚你说自己是在偶然的情况下获得了这份情报时,我并没有打断你,如果我打断你的话,我应该会告诉你,韦诺克·马歇尔夫人这个人是守不住秘密的,她知道的事情她的朋友们就一定都知道,所以根本就不需要什么偶然,而是一定会得知。"

"我明白了,"罗杰说道,这是他第三次,也是最后一次败下阵来。与此同时,他也想起有一件事,韦诺克·马歇尔夫人肯定没有泄露给她的朋友们,就算不是守口如瓶也差不了多少。正想着,罗杰抬起头,刚好与布拉德利先生眼神交接,从对方眼神中,罗杰知道有人与他心有戚戚焉,即便是达默斯小姐也不能在心理推断上做到毫无差错。

"那么我们现在呢,"达默斯小姐继续说道,语气中多少带点说教的意味,"先让本迪克斯先生从反派的位置上下来,回到他之前第二受害者的位置上。"说完她停顿了一会儿。

"但是,尤斯塔斯爵士不用回到最初受害者的身份。"布拉德利先生立马补充道。

达默斯小姐直接无视他,继续说道:"现在,我想谢林汉姆先生应该会觉得我的推论开始有趣了吧,就像昨晚我觉得他的推论很有趣一样。尽管我们在某些关键的地方意见相左，但其他地方我们还是观点一致的，其中一点就是凶手的目标对象肯定是被杀害了，换言之，凶手没有杀错人。"

"什么？"菲尔德·弗莱明夫人惊呼，"艾丽西亚，你也认为凶手的目标从一开始就是本迪克斯夫人？"

"是的，这点我从不怀疑。为了证明我的观点，我必须推翻谢林汉姆先生的另一个结论。"

"谢林汉姆先生，你提到本迪克斯先生早上十点半抵达俱乐部有违常规，必有蹊跷，这一点我也同意，只可惜你对此事的分析有问题。本迪克斯先生在那个时间点抵达俱乐部，并不像你说的那样，就一定代表他有犯罪意图。有一件事你可能没有注意到（我应该公平地说，是所有人都没有注意到），如果本迪克斯夫人是凶手的目标对象，而本迪克斯先生并不是凶手的话，那么他在那个时间点出现在俱乐部就有可能是真正的凶手故意安排的。无论如何，我认为谢林汉姆先生应该给本迪克斯先生一个自我辩护的机会，我就是这么做的。"

"你问了本迪克斯先生为什么他那天早上刚好十点半抵达俱乐部？"区特威克先生敬畏地问道。真正的侦探查案就应该这样，只可惜区特威克先生太不自信了，导致他根本无法像一个真正的侦探那样去查案。

"当然，"达默斯小姐答应得很是爽快，"我给他打了电话，开门见山地问了他。从我收集的信息来看，即便是警方，之前也没想到过。尽管我早就料到了他的回答，很明显，他并没有发现自己的回答透露了重要信息。本迪克斯先生告诉我，他去俱乐部是为了等一个电话，你可能会问，为什么这个电话不直接打到他家里呢？确实如此，所以我也问了，他给出的理由是这个电话不适合在家里接听。我必须要说，关于这个电话的内容，我一再追问本迪克斯先生。因为他并不清楚我问那些问题的意义所在，所以他肯定觉得我的人品修养有问题，可我就是忍不住想问。"

"最终本迪克斯先生松了口，他坦言，前一天下午有一个叫薇拉·德勒梅的小姐给他的办公室打了电话，这个人在摄政剧院的新剧《高跟鞋！》中扮演了一个小角色。他只见过她一两次，但是并不介意再见一次。对方问他第二天早上是否有什么重要的事，他回答没有。于是，对方就问他是否愿意与她共进午餐，他自然是欣然应允。不过，对方也不是很确定第二天是否有空，就跟他约定第二天早上十点半到十一点会打电话到俱乐部找他。"

在场的五双眉毛全都皱了起来。

"这我也看不出有什么特别之处啊？"菲尔德·弗莱明夫人总算缓过神来，抛出了这么一句。

"看不出来吗？"达默斯小姐说道，"如果德勒梅小姐说，她根本就没有给本迪克斯先生打过电话呢？"

五双眉毛终于舒展开来。

"噢。"菲尔德·弗莱明夫人突然明白过来。

"当然，这只是我验证的第一件事。"达默斯小姐高冷地说道。

区特威克先生叹了口气，没错，这才是真正的侦探查案。

"按你的意思，凶手是有帮凶咯，达默斯小姐？"查尔斯公爵问道。

"是的,而且不止一个,"达默斯小姐说道,"只可惜两个都是在不知不觉中做了帮凶。"

"啊!我懂了,你指的是本迪克斯先生,还有那个给他打电话的女人,没错吧?"

"好吧——"达默斯小姐不紧不慢地环顾了一圈场上众人,接着说道,"这难道还不明显吗?"

显然,这一点都不明显。

"不管怎样,德勒梅小姐这件事总是很明显的吧?为什么她会被选作打电话的人呢?原因很简单,那就是本迪克斯先生不认识她,自然也无法在电话里辨别她的声音,至于真正打电话的人……是的,没错!"达默斯小姐的眼神仿佛在说:这么简单的事,大家还看不出来吗?

"本迪克斯夫人!"菲尔德·弗莱明夫人差点叫出声来,显然,她又发现了一组三角关系。

"没错,就是本迪克斯夫人,有人跟她说了些她丈夫在外头的风流行径。"

"那这个人就一定是想害她的凶手,"菲尔德·弗莱明夫人点点头,"如此说来,这个人应该是本迪克斯夫人的朋友。"想到真正的朋友很少会谋害对方,菲尔德·弗莱明夫人有些困惑地修正了自己的说法,"至少本迪克斯夫人把对方当成了朋友,噢,我的天哪,这件案子变得越来越有趣了,艾丽西亚。"

达默斯小姐略微笑了笑,很有讽刺的意味:"是的,没想到整件谋杀案的背后竟然只是一桩小小的风流韵事。布拉德利先生，这应该算是一桩极端封闭型的谋杀案吧。"

"我是不是讲得有些太快了？我应该先推翻谢林汉姆先生的推论再来聊我的。"

罗杰无力地叹了口气，然后抬起头来，望着坚硬的白色天花板出神。此举又让他想到了达默斯小姐，于是他又低下头来。

"说真的，谢林汉姆先生，你知道吗？你太相信人性了。"达默斯小姐毫不留情地嘲讽他，"不管别人跟你说什么你都信，你也不去找个目击证人确认一下。我敢说，要是有人冲到你家告诉你，他亲眼看见波斯国王往那些巧克力中注射硝基苯，你也会毫不犹豫地相信他。"

"你是在暗示我，有人没跟我说实话？"罗杰叹息道，情绪更低落了。

"我可不只是暗示而已，我还要证明它。昨晚当你告诉我们打字机店的那个男人信誓旦旦地说购买二手汉密尔顿4号打字机的就是本迪克斯先生的时候，我着实震惊了。于是我记下了那家店的地址，今天一大早我就赶到了那里，并且严厉地指出他对你撒了谎，没想到他笑着承认了。

"他以为你也想买一台汉密尔顿4号打字机，而他刚好有一台很好的机子要卖。他觉得让你以为你的朋友就是在他家买的打字机并没什么不妥，因为他家的打字机质量很好。而且他觉得，要是认出了你朋友的照片就更能打消你的顾虑——好吧，"达默斯小姐冷冷地说道，"这么说吧，不管你问他几次照片的事，他都会顺你的意把买打字机的人指认出来的。"

"我明白了。"罗杰说道,心里又想起了那八英镑,他把它交给了那个富有同情心、会替顾客打消顾虑的销售员,没想到换来的是一台他用不上的汉密尔顿4号打字机。

"至于韦伯斯特印刷厂的那个女孩,"达默斯小姐不留情面地继续说道,"她直接就承认她可能认错人了,说昨天有位绅士来询问信笺的事情,还让她辨认朋友的照片。这个绅士看起来很焦虑,她不忍心让他失望,所以就顺着他的意思指认了。说到这点,她到现在都不觉得自己这么做有什么不妥。"达默斯小姐模仿韦伯斯特印刷厂那个年轻女店员的样子很是搞笑,但是罗杰笑不出来。

"谢林汉姆先生,如果我的话不小心伤到了你,我很抱歉。"达默斯小姐说道。

"完全没有。"罗杰回道。

"但是这对我的推理来说很重要,你懂吗?"

"我明白的。"罗杰说道。

"那么,那份证据就没用了。我想,你应该没有别的证据了吧?"

"没有了。"罗杰说道。

"你马上就知道了。"达默斯小姐无情地跨过罗杰的"尸体",继续说道,"按照规矩,我也暂时不说出凶手的名字。现在轮到我来做报告了,我也知道自己是占了便宜的,同时我也担心等我说到最后,你们心中早已猜到了凶手是谁。不管怎样,在我看来，凶手的身份已经昭然若揭了。在我正式公布凶手的名字之前，我想先解决几个问题，当然也不是什么真的证据，只是谢林汉姆先生在他的推论中提出的几个问题。

"谢林汉姆先生构建了一个非常精巧的案子，精巧到他必须一而再再而三地强调凶手的完美布局以及聪明狡诈。只是我并不赞同谢林汉姆先生的看法，"达默斯小姐的语气非常坚定，"我的推论简单得多。这个案子的确是设计得非常巧妙，但也谈不上完美。它的成功几乎全仰仗运气。也就是说，成功全靠一条尚未发现的关键证据。最后还有一点，那就是形成这个作案计划的大脑其实也没那么强大，看起来不按套路出牌，不循常理，其实也只是在模仿别人而已。

"这让我想到了布拉德利先生的一个观点——凶手熟知犯罪史，在这点上我们的观点基本一致，但布拉德利先生说凶手具有创意头脑，这我就不敢苟同了。在我看来，此案的主要特征就是它的模仿痕迹很重，它在模仿之前的案子。由此我可以推断，凶手的大脑根本不具有原创性，他的思维模式也是极其保守的，因为他没有足够的智慧去认清变化的过程，他的心智是顽固、武断且只求实际的，完全没有精神上的价值感。说实话，我这个人特别能忍，事件当中再恶心的部分我也可以忍受，但在这件案子整个氛围的背后，我感到一种与我明确的对立。"

听到这话，现场每个人都很受触动。面对这些仅从一种氛围感中得出的细节推论，区特威克先生只能叹了口气。

"谢林汉姆先生还有一个观点我是比较赞同的，那就是巧克力之所以被选为下毒的载体，是因为毒杀的对象设定的就是女性，这一点我之前也提到过。现在我还想再补充一点，那就是凶手从没想过伤害本迪克斯先生。我们都知道，本迪克斯先生不喜欢巧克力，凶手很可能也清楚这一点，所以他选巧克力下毒就没想过本迪克斯先生也会去吃。

"有一件事很让人不解，那就是为什么谢林汉姆先生总是关注那些细枝末节而忽略了主要问题。对于信笺的事，他说得的确有道理，那就是从韦伯斯特印刷厂的样本册中抽走的。我承认，关于凶手为何拥有梅森公司信笺这件事，我困惑了好久，整个毫无头绪。就在这时，谢林汉姆先生轻轻松松地就向我们提供了他的解释，也正是因为他帮的这个忙，我今天才能推翻他的推论，并将对信笺的解释融入我的推论中。当谢林汉姆先生向那个店员出示照片时，她出于好意假装认出了照片中的人，而当我拿出照片给她看时，她立马认真地认了出来，而且不只是认了出来，"达默斯小姐得意地说道，"她还立即说出了那人的名字。"

"啊！"菲尔德·弗莱明夫人点点头，整个人很是兴奋。

"谢林汉姆先生还提出了其他的一些小观点，我觉得有必要今天一并推翻了。"达默斯小姐又回到了冷静客观的状态，继续说道，"因为本迪克斯先生占股的几个小公司大部分经营不善，谢林汉姆先生就推断出本迪克斯先生不仅不会做生意——这一点我同意——而且急需资金。可惜，谢林汉姆又一次忘了验证推断，他自然又要再次为自己的疏忽付出代价——一步错，步步错。

"通过最基本的问询调查，谢林汉姆先生获得了本迪克斯先生的一些投资信息，只是这些投资只不过是本迪克斯先生资产中的冰山一角，顶多只能算是有钱人玩玩的小游戏罢了。本迪克斯先生大部分的财产是他父亲过世时留给他的那笔遗产，主要是一些政府公债和无风险的工业股份，这些都是大型企业，其董事会的席位是本迪克斯先生想都不敢想的。而且根据我对他的了解，他是一个很有自知之明的人，知道自己没有父辈精明能干，所以根本不会在这种投资游戏中投入大量的资金。所以，谢林汉姆先生给出的杀人动机完全就不存在。"

罗杰低垂着头。他感觉自己以后都无法抬起头做人了，这些天才犯罪学家一定会对他指指点点，看不起他，认为他是一个连自己的推论都不去求证的人。唉，真是太丢人了！

"至于次要动机，我觉得不太重要，整体上我与谢林汉姆先生的意见相同。我认为，本迪克斯先生已经完全厌倦了妻子，毕竟他也只是个普通男人，情感感受和价值观念都与普通男人无异。我认为，在道义上是本迪克斯夫人一手把丈夫推向了那些女演员的怀中，好让他能寻求一丝慰藉。我并不是说本迪克斯先生在娶本迪克斯夫人的时候不爱她，相反，我相信那时他一定是爱的，只不过后来对她就只有尊重了。

"归根到底，这是一桩不幸的婚姻，"达默斯小姐有些愤世嫉俗地评价道，"尊重这玩意儿在婚姻中其实并没有多大用处。在夫妻关系中，男人想要的不过是一种温存，并不是什么让他心怀敬重的对象。如果说，本迪克斯夫人一开始就让丈夫感到厌倦，那本迪克斯先生还真够绅士的，因为他一点也没表现出来，他俩的婚姻一直是大家眼中的典范。"

达默斯小姐停顿了一会儿，端起面前的水杯浅浅喝了一口水。

"最后，谢林汉姆先生提出信和包装纸之所以没有被毁，是因为凶手认为这么做不仅对他无害，而且能帮到他。这一点我也是赞同的，只是我从中得出的推论与谢林汉姆先生的不一样。我想说，这件事进一步佐证了我之前的观点，那就是凶手是个二流货色，绝非顶尖智者，因为顶尖的大脑绝不会同意让本可以被轻松毁掉的线索留下来，因为他知道像这样的线索，即便它将来可能有用，比如误导警方，也还是能导致罪犯的最终落败。此外，我还得出了一个次要推论，那就是包装纸和信可能并不止一般意义上的有用，这其中一定有什么误导信息。我想，我已经知道这信息是什么了。

"以上就是我关于谢林汉姆先生的推论所做的说明。"

罗杰抬起他低垂的头，而达默斯小姐又喝了一口面前的水。

"关于本迪克斯先生尊重他妻子这件事情，"区特威克壮着胆子问道，"你难道不觉得这里有些矛盾吗，达默斯小姐？你还记得一开始你跟我们说的那个从打赌得出的推断吗？你说本迪克斯夫人并没有我们想象的那样令人尊重，这个推断站得住脚吗？

"当然站得住脚，区特威克先生，而且也没什么矛盾的。"

"一个男人的相信就是尊重。"达默斯小姐还没来得及思考，菲尔德·弗莱明夫人就迅速抢过了话头。

"哈，好一个伪君子行径。"布拉德利先生评论道，他特别看不上这种事情，哪怕这话出自知名的剧作家之口，"现在我们可以揭晓答案了吗？达默斯小姐，是有伪君子吗？"

"没错，"达默斯小姐一脸平静地表示赞同，"正如你所言，布拉德利先生，是时候揭晓答案了。"

"噢。"区特威克先生兴奋地从椅子上弹了起来，"要是凶手毁了那封信和包装纸的话……本迪克斯先生不是凶手……当然服务生不用怀疑……噢，我知道了！"

"我刚刚还纳闷怎么还没有人理出头绪呢。"达默斯小姐说道。

第十六章

"这个案子从一开始,"达默斯小姐继续说道,脸上的神情还是一如既往地冷静,"我就认为凶手留给我们最重要的线索是他无意中显露的性格特征。根据我发现的事实,而不是像谢林汉姆先生那样全凭主观臆断来证明自己对凶手超凡心智的理解——"说着,她挑衅地看着罗杰。

"难道我假想了什么自己无法证实的事实吗?"罗杰感觉自己不得不努力回应她的目光。

"你当然有。比如,你认为用来打印那封信的打字机已经沉入泰晤士河底了。事实上根本没有,并且事实再一次证明我的理解是对的。根据我发现的事实,我可以毫不费力地绘制出我跟你们大概描述过的凶手心理状态图,但我还是非常谨慎,没有去找人对号入座,然后构建专门针对他的推论。可以说,我只是单纯地将这幅画悬挂在我脑子里,然后将任何有嫌疑的个体与之比对。

"现在，我已经弄清楚为什么本迪克斯先生那天早上会在那个不寻常的时间抵达俱乐部，但仍有一件事，也只有这件事我还不太明白，虽然这件事并不重要，大家也从未关注过。我指的是尤斯塔斯爵士那天中午的饭局，当然这个饭局后来肯定被取消了。我不知道布拉德利先生是如何发现这件事的，我想跟大家说说我是如何知道的，告诉我这个消息的就是那个为菲尔德·弗莱明夫人提供了许多有趣信息的男仆。

"关于调查尤斯塔斯爵士这件事，我必须承认我比在座的各位都有优势，因为我本人不仅与尤斯塔斯爵士很熟，我与他的男仆也有些交情。如果菲尔德·弗莱明夫人可以通过钱财从他那里获取很多信息，那我，很显然，不仅可以通过金钱，而且可以凭借我们之前就相识的有利条件从他那里获得更多信息。总之，没过多久，这个男仆就无意中提起，在命案发生前四天，尤斯塔斯爵士让他致电杰明街的好友酒店，帮其预订一间私人包厢吃中饭，而预订吃中饭那天就是后来凶案发生那天。

"这就是我弄不明白的点，如果可以的话，我觉得有必要弄清楚，尤斯塔斯爵士那天中午到底是要和谁共进午餐？很明显，是一位女士，到底是他那么多情妇中的哪一位呢？男仆也无法给我更多信息了。据他所知，当时尤斯塔斯爵士并没有与任何女性来往，他一心只想追求怀尔德曼小姐（查尔斯公爵，请您务必原谅我），既想牵手美人又想获得她的财产。那么，他那时约的是怀尔德曼小姐吗？很快，我就证实事实并非如此。

"你们有没有想过，案发当天还有另一个午餐之约也被取消了？两件事情如此相似。虽然我之前也没想到，但的确有这么一回事。本迪克斯夫人那天也有个午餐之约，也是在前一天下午不知为何被取消了。"

"本迪克斯夫人！"菲尔德·弗莱明夫人大吃一惊，这三角关系可真够劲爆的。

达默斯小姐浅浅笑了笑："是的，我就不卖关子了，梅宝。根据查尔斯爵士提供的信息，我们知道本迪克斯夫人与尤斯塔斯爵士并非完全的陌生人，从这个思路出发，最终我成功找到了他们之间的关联。原来，要与本迪克斯夫人共进午餐的人是尤斯塔斯爵士，是他们相约在那个声名狼藉的好友酒店的私人包间里见面。"

"见面肯定是去说她丈夫的坏话吧？"菲尔德·弗莱明夫人立马接上这么一句，她本想说得更凌厉些。

"大概也会聊这些吧，"达默斯小姐波澜不惊地说道，"而主要原因，毫无疑问是因为她是他的情妇。"达默斯小姐的话如同在人群中扔下炸弹，仿佛在她的描述里，本迪克斯夫人正身着性感浅绿色丝绸连衣裙激情赴约。

"那你——那你能证实你的言论吗？"查尔斯公爵第一个回过神来，连忙问道。

达默斯小姐轻挑蛾眉："那是自然，我从来不说自己证实不了的言论。本迪克斯夫人一周至少与尤斯塔斯爵士共进两次午餐，偶尔也会一起吃晚餐，地点通常都是好友酒店，包厢也总是那么固定一间。他们行事非常谨慎，基本上都是分开到达酒店和包间，包间之外他们从不共处，外人自然无从得见。只是服务他们的那个服务生（总是同一个服务生）签了一份声明给我，在本迪克斯夫人的死讯公告中，他认出了本迪克斯夫人的照片，就是这个女人之前常与尤斯塔斯·彭尼法瑟爵士在他们的酒店约会。"

"呃，他签了一份声明给你？"布拉德利先生打趣地说道，"达默斯小姐，你一定也会觉得侦探是个烧钱的爱好吧。"

"烧钱的爱好只要供得起就行，布拉德利先生。"

"但是仅仅因为他们共进午餐……"菲尔德·弗莱明夫人又一次发表见解，表现出一副通情达理的样子，"我的意思是，他俩一起共进午餐并不代表她就一定是他的情妇啊，不是吗？当然，我也不是说没有这个可能。"想起官方的态度，她又赶忙补充道。

"他们用餐的包间其实是一间卧室。"达默斯小姐回复道，语气依旧很平淡，"服务生告诉我，每次他们离开后他都发现床单是弄乱的，很明显床被使用过。我想，这应该是证明他们通奸的铁证了吧，查尔斯公爵，你说呢？"

"噢，那是自然，那是自然。"查尔斯公爵极为尴尬地用他低沉的声音回应道。对查尔斯公爵来说，除非是在工作时间，否则每当女士跟他说话时用到像"通奸""性变态"，甚至是"情妇"这类字眼儿，他都会感到无比尴尬。没办法，他就是这样一个可怜的老古板。

"当然，尤斯塔斯爵士也根本不怕什么王室代诉人。"达默斯小姐继续冷冷地说道。

209

她又喝了一口水，而其他人正努力接受这突如其来的新观点以及这令人备感意外的情节走向。

达默斯小姐如同一位引路人，用她"心理分析"的探照灯继续为众人照亮前面的路，"这两人还真是奇特的一对。他们的价值观南辕北辙，对事情的反应截然不同，两人的兴趣爱好、思维方式也毫无交集，就是这样，却彼此吸引，走到了一起。我要你们尽可能仔细地审视这种心理状态，因为这场凶案的源头就在于此。

"本迪克斯夫人为何会成为尤斯塔斯爵士的情妇，这最初的缘由我并不清楚。但是我不会来一句'我想象不出来'的陈词滥调，因为我确实能想象导致此事发生的各种情形。一定是有一个奇特的心理刺激才会导致这个心善却愚蠢的女人落入了邪恶的尤斯塔斯爵士的怀抱。和大多数好女人一样，总觉得自己会是一个改造者，于是很快她便深陷'拯救浪子'的欲望中不能自拔。十之八九，她的第一步就是将自己沦落到对方的同等境界。

"一开始她也没想过要沦落，一个好女人肯定是在内心挣扎了好久，总以为不管自己做什么，内心那份独特的善良总是无法被玷污的。她可能会委身于他，因为她深知想要影响一个男人，一开始只有借助自己的肉体，然后才能通过身体触及灵魂，由此慢慢引着他变得更好，而不是只想着肤浅的肉体欢愉。只是这最初的肉体分享丝毫没有体现出她自身的纯洁。虽然是老生常谈，但我还是要说：好女人往往最会自欺欺人。

"在本迪克斯夫人遇见尤斯塔斯爵士之前，我是真的认为她是个好女人。她唯一的问题在于认不清自己，把自己想得太好，借用谢林汉姆先生的话，她总是满口的荣耀和规矩，这就充分证明了这一点。她太沉迷于自己的美德了，自然，尤斯塔斯爵士也沉迷于此。他大概从未享受过一个真正好女人的示好吧。勾引本迪克斯夫人（这事儿可能很难）给他带来了极大的享受。他肯定一遍又一遍听了荣耀尊崇、洗心革面和高尚灵性之类的话，但他还是耐心地忍受了下来，因为他对这种强烈的征服感早就渴望很久了。在好友酒店头两三次的约会一定会让他神魂颠倒、沉醉其中。

"但是这件事越来越索然无味。本迪克斯夫人发现事情并不能如她料想一般，她的美德可能无法承受良心的谴责。她的不断自责开始让尤斯塔斯爵士感到厌烦，甚至不胜其烦。但他还是继续与她来酒店见面，一来是因为在他眼里女人终归是女人，二来也是因为他别无选择。我们很清楚接下来会发生什么，本迪克斯夫人开始对自己的失德行为不安起来，全然忘了当初想要改造他人的初衷。

"他们现在还会上床，因为床就在那儿，不用也浪费了，只是本迪克斯夫人已然毁了两人的心情。为了让自己的良心稍安，她现在的诉求是与尤斯塔斯爵士立刻私奔，或者，更有可能的办法，是她向丈夫坦白一切，请求离婚（因为本迪克斯先生是绝不可能原谅她的所作所为的），同时尤斯塔斯爵士也与妻子离婚，然后他们再尽快结婚。虽然她现在已经对他非常反感了，但现实情况是，两人除了彼此厮守余生外，已别无选择了。这种心态，我再了解不过了。

"不用想,对尤斯塔斯爵士这种人而言,这个计划毫无吸引力,他想要的不过是通过婚姻重获财富而已。他开始埋怨自己为什么要去招惹这个该死的女人,继而又咒骂这个该死的女人为什么要接受自己的引诱。本迪克斯夫人越向他施压,他就越发讨厌她。接下来本迪克斯夫人一定是把局面推到了无法掌控的地步。她听说了尤斯塔斯爵士与怀尔德曼小姐的事,下定决心阻止此事。于是她告诉尤斯塔斯爵士,如果他不取消与怀尔德曼小姐的联姻,她就会亲自出手打破此事。如此一来,尤斯塔斯爵士可以预见事情发展的结局,他将出现在离婚法庭上,自己与怀尔德曼小姐的婚事还有即将到手的财富也将化为泡影。他必须做些什么阻止这一切的发生,但是他又能做什么呢?除非杀了本迪克斯夫人,否则无法拦住这个女人的嘴。

"好吧,是时候想办法除去这个女人了。

"现在我不敢说证据确凿,但我的假设应该是站得住脚的,并且我有足够的证据来支持我的假设。尤斯塔斯爵士决定彻底摆脱本迪克斯夫人。他认真思考了整个事件,又想起自己在一些犯罪学书籍上读过的案例,每个案例都不够完美,或多或少都存在漏洞。于是他将这些案例全都结合起来,并修补了其中的漏洞,再加上他与本迪克斯夫人的关系尚无人知晓(他坚信是这样的),他相信自己的谋划绝无东窗事发的可能。这些听起来可能像是我的猜想,但我有证据证明。

"在我研究尤斯塔斯爵士的那段时间,我任由尤斯塔斯爵士对我施展他的甜蜜攻势。他采用的手段之一就是声称与我志趣相投，于是从那时起，他便发现自己对犯罪学兴趣浓厚。他借了几本犯罪学的书认真研读，在他借的这些书中，有一本是专门记录美国下毒案件的。我们俱乐部的每位成员在做报告时提到的相似案例都收录在这本书中（当然，'玛丽·拉法吉案'与'克里斯蒂娜·埃德蒙案'除外）。

"大约六周前，有一天晚上我回家时，我的女仆告诉我尤斯塔斯爵士来过了，那时他已经有好几个月没来过我家了，他在客厅等了一会儿就走了。命案发生后不久，我想到这件案子与一两宗美国下毒案件极为相似，于是便到我客厅的书架上想看看那本书。书竟然不翼而飞，一同消失不见的还有布拉德利先生提到的那本泰勒的书。更让我吃惊的是，我和尤斯塔斯爵士的男仆长聊的那天，我竟然在尤斯塔斯爵士的房间里看到了这两本书。"

达默斯小姐停顿了一会儿。

布拉德利先生接替她说了下去，"然后，这个男人便自食其果了。"他故意拖长腔调，慢吞吞地说。

"我早就跟你们说过，这桩案子并非什么绝顶聪明之人的手笔。"达默斯小姐说道。

"好了，现在让我把我的推论讲完。尤斯塔斯爵士决定摆脱他的负累，并且精心谋划，制订了他认为万无 失的行动方案。至于一直让布拉德利先生困扰的硝基苯问题，在我看来其实是一件非常简单的事。尤斯塔斯爵士决定使用巧克力作为载体，酒心巧克力就成了他的首选（我想说，梅森公司的酒心巧克力是尤斯塔斯爵士的最爱。重要的是,他最近买了好几盒一磅装的巧克力)。接下来,他就要寻找一款毒药,这款毒药最好能与巧克力的酒心完美融合。他肯定很快就想到了苦杏仁油,这东西确实用于制造糖果点心之类的,由此他又想到了硝基苯,这玩意儿更常见,不仅容易获取,而且难以追查源头,显然是下毒的理想选择。

"之后,他便安排了与本迪克斯夫人共进午餐,打算在吃饭的时候,把那天早上从邮局收到的巧克力作为礼物送给她,这样看起来一切就都顺理成章、再自然不过了。至于巧克力的来源,他有俱乐部的服务生为他做证,证明是别人寄给他的,他是清白无辜的。就在他准备行动的前一秒,他发现了计划中的巨大漏洞。那就是如果他亲自把巧克力交给本迪克斯夫人,尤其是两人在好友酒店吃饭的时候,那他与对方的亲密关系就一定会被公之于众。于是他绞尽脑汁,终于想到了更好的方案。他找到本迪克斯夫人,将她丈夫与薇拉·德勒梅的事情告诉了她。

"因为性格的关系,本迪克斯夫人一听到丈夫德行有失就立马忘记了自己犯下的弥天大错,转而听从了尤斯塔斯爵士的建议,佯装成薇拉·德勒梅的声音给本迪克斯先生打了电话,这样她就可以亲自验证丈夫是否会抓住这次机会与女演员来个亲密午餐。

"'记得告诉他明天早上十点半到十一点间你会打电话到彩虹俱乐部找他。'尤斯塔斯爵士漫不经心地补充道,'如果他真的去了彩虹俱乐部,你便可以确认他的确整天都与德勒梅小姐厮混在一起了。'然后,本迪克斯夫人就按照尤斯塔斯爵士说的做了。如此一来,本迪克斯先生第二天早上十点半确定就会出现在俱乐部门口了。当尤斯塔斯爵士第二天早上收到包裹时,本迪克斯先生刚好现身,一切都是如此自然,试问,这世上还有谁能看破这其实根本不是巧合呢?

"至于那个让巧克力转送出去的打赌,我并不相信那只是尤斯塔斯爵士的天降好运,因为那运气实在好得太假。虽然我并不想去求证(这纯粹只是我个人的猜测),但我敢说尤斯塔斯爵士一定是提前布好了局。而且如果他真的这么做了,更加证实了我的推断:本迪克斯夫人没有她装得那么正直诚实。然而,不管是不是事先安排好的,事实就摆在眼前:和别人打一个你已经知道答案的赌,这就是不诚实的行径。

"最后,如果我也要遵循前例,给出一个与本案类似的案例,我可以毫不犹豫地说,那一定就是'约翰·特维尔案'了,此人因为厌倦了情妇莎拉·哈特,就给她喝了一瓶含有氢氰酸的啤酒。"

达默斯小姐一讲完,场上所有人都崇拜地看着她,好像他们终于到要揭开谜底的时候了。

查尔斯公爵率先说出了大家的感受:"达默斯小姐,如果你有任何确凿的证据来证实你的推论……"显然,他话里的意思是,如果情况都如达默斯小姐所言,等于直接将绞绳套到了尤斯塔斯爵士那又红又粗的脖子上。

"你的意思是,我给的这些证据还不够成为法律上的铁证?"

达默斯小姐冷静地询问道。

"心——心理学上的推演对陪审团起不了太大的作用。"查尔斯公爵赶紧拿出陪审团来当挡箭牌。

"我已经找出了尤斯塔斯爵士与梅森公司信笺之间的关联。"达默斯小姐指出。

"恐怕在这件事情上,尤斯塔斯爵士会因为指证的证据不足而获得'无罪推定'。"显然,查尔斯公爵笃定陪审团会对这种心理层面的推断不以为然。

"我还给出了凶手强烈的作案动机,并且发现他与一本记载类似案件的书和一本有关毒药的书有所关联。"

"是的,的确是这样。我的意思是,你有没有任何真实的证据可以表明尤斯塔斯爵士确实与那封信、巧克力或者包装纸有关?"

"他还有一支欧尼斯钢笔,而且他放在图书馆的墨水瓶中装的就是哈菲尔德墨水。"达默斯小姐笑了笑,"我还是坚信自己的想法。凶案发生前一晚,他一直待在彩虹俱乐部,我也确认了一件事,那就是那天晚上九点到九点半那段时间,俱乐部没人看见他。九点钟的时候他离开了餐厅,九点半的时候服务生在休息大厅给他送了一杯威士忌苏打水,这期间没人看见他,也不知道他去哪儿了。他不在休息大厅,那他去哪儿了呢?门口的服务生发誓并没有看见他出去或者再进来。不过俱乐部有道后门,如果他想神不知鬼不觉地进出,可以走那道门,他一定是这么干的。我以半开玩笑的形式亲自问过他,他说他晚餐后去了图书馆,查阅一本有关大猎物狩猎的书。我问他，还有没有其他人在图书馆。他说没有，图书馆从来就没人来。自从他加入俱乐部以来，就没见过有谁去图书馆的。我向他道了谢，然后挂了电话。

"换句话说，他说他在图书馆，是因为他知道那里没人证明他不在。他在那半个小时真正做的事其实是从后门溜了出去，匆忙赶到滨河大道去寄送包裹（就好像谢林汉姆先生说本迪克斯先生匆忙跑出去一样），然后又溜回来，跑进图书馆确保无人在那儿后再回到休息大厅，他还特意点了一杯威士忌苏打水，好以此证明自己一直在那儿。谢林汉姆先生，你难道不觉得这比你的本迪克斯先生版本听起来合理多了吗？"

"我必须承认，你的版本也很有道理。"罗杰不得不表示赞同。

"这么说来，你根本就拿不出什么确凿的证据喽？"查尔斯公爵表示很惋惜，"就没有什么能让我们陪审团信服的证据吗？"

"不，我有，"达默斯小姐平静地说道，"我一直留着最后一张王牌，因为我觉得没有它我也能证明我的推论（事实上我认为我办到了）。这个证据绝对令人信服，有人想要检视这个证据吗？"

达默斯小姐说着，从袋子里拿出一个棕色牛皮纸包裹，打开包装，她拿出一张照片，还有一张看起来像打印用的四开纸。

"这张照片，"她解释道，"我是从莫尔斯比总探长那里拿到的，我拿的时候并没有告诉他我要这张照片的目的。照片拍的是那封伪造的信件，真实的尺寸。我想要大家拿它与这张打印的仿本比较。谢林汉姆先生,不如由你先看看,然后再让其他人传阅?看的时候,请特别注意那个稍微有点歪的 s 以及带有缺口的大写字母 H。"

一片寂静中,罗杰仔细审视手中的两样东西。他翻来覆去地看了整整两分钟,但在其他人眼里仿佛过去了两个小时,看完后,他将手里的东西递给了右手边的查尔斯公爵。

"毫无疑问,这两样东西是出自同一台打字机。"罗杰严肃地说道。

达默斯小姐依旧波澜不惊,声音依然没有半点起伏,那种随便的感觉就像是在说她找到了两块很搭的布料。听她平稳的语气,根本无法想到她的话马上就要像一根绞绳一样缠住一个男人的脖颈。

"在尤斯塔斯爵士的家里,你就能找到那台打字机。"达默斯小姐说道。

布拉德利先生也被说动了,"我就说他罪有应得吧!"他故意扯着长音,一副事不关己高高挂起的模样,甚至打起了呵欠,"天哪,好一个悲惨的笨蛋。"

查尔斯公爵继续将证物传递给其他人,"达默斯小姐,"他郑重地说道,"你这可是为社会做了一个大贡献啊,恭喜你!"

"谢谢你,查尔斯先生。"达默斯小姐一脸平静地回复道,"其实这是谢林汉姆先生给我的灵感,你知道的。"

"看来,"查尔斯公爵吹捧道,"谢林汉姆先生不仅消息灵通,而且很擅长启发别人啊。"

罗杰本希望通过此次破解谜案给自己的功绩簿添上浓墨重彩的一笔，可现在只能在一旁苦笑了。

菲尔德·弗莱明夫人连忙接过话头，"我们创造了奇迹！"她郑重其事地说道，"全国警力都束手无策的时候，一个女人却拨开重重迷雾破了案。艾丽西亚，今天可真是个值得纪念的大日子，不仅是为你，也不只为犯罪研究俱乐部，更是为世上所有女人！"

"谢谢你，梅宝。"达默斯小姐回复道，"你人实在太好了。"

证物慢慢地在众人间传阅，最终回到了达默斯小姐手上，她又将它们递给罗杰。

"谢林汉姆先生，我想这些证物最好由您保管。您是主席，这事就交给您了。事情您也都很清楚。您应该知道，要我去通知警方，我是极其不愿意的，也希望您在跟他们沟通的时候千万不要提到我的名字。"

罗杰抚摸着下巴："这个应该没问题。我只要把这些东西交给他们，并告诉他们打字机在哪里，剩下的就交给苏格兰场自己去调查。关于凶手的作案动机以及好友酒店服务生的证词，我必须如实告知莫尔斯比总探长，我想这些才是警方真正感兴趣的事情。嗯，我想最好今晚就去见莫尔斯比总探长。查尔斯先生，你愿意跟我一道去吗？有你陪同会让我们显得更有分量。"

"当然，当然。"查尔斯公爵爽快地答应了。

所有人都看起来一脸严肃。

"我在想，"在严肃的气氛中，区特威克先生怯生生地插了一句,"我在想,你们能不能再多等二十四小时,可以吗?"

罗杰露出惊讶的表情:"啊,为什么呢?"

"你知道的……"区特威克先生支支吾吾地说道,"因为……我还没有汇报我的推论,你知道的。"

五双眼睛全都震惊地盯着他看,区特威克先生霎时满脸通红。

"噢,是的,是的。"罗杰的口吻极尽圆滑,"那——你的意思是,你想要汇报,对吗?"

"我也有一套推论,"区特威克先生谦虚地说道,"我——我并不是一定要汇报,只是——只是我也有一套推论。"

"当然,当然。"罗杰说道,同时无助地看了一眼查尔斯公爵。

查尔斯公爵立即施以援手,"我想,我们都对区特威克先生的推论很感兴趣,"他向众人宣告,"既然都很感兴趣,为何不现在就听一听呢,区特威克先生,你意下如何?"

"我的推论还不是很完整,"区特威克先生虽然不太开心,但还是坚定地说道,"我还需要一天的时间来整理我的思路,并弄清楚一两个疑点。"

查尔斯公爵突然想到一个好主意:"当然可以,我们明天还有一次聚会,大家一起来听听区特威克先生的推论。现在呢,谢林汉姆先生和我将一同造访苏格兰场——"

"我希望你们先别去,"区特威克先生仿佛陷入了痛苦的深渊,近乎乞求地说道,"真的。"

罗杰再一次无助地看向查尔斯公爵，只是这一次查尔斯公爵也无能为力，只能无助地望回来。

"好吧，我想就算再多等一天也不会有很大关系吧，"罗杰不情愿地说道，"毕竟都到这一步了。"

"不会的，不会有什么关系的。"区特威克先生恳求道。

"好吧，的确没什么关系。"查尔斯公爵也表示赞同，虽然他明显一脸困惑。

"那就这么说定了，主席先生？"区特威克先生再三确认，这次语气近乎哀求了。

"如果你坚持的话，那就这么办吧。"罗杰冷冷地说道。

会议终于结束了，只是显得有些潦草和为难。

第十七章

区特威克先生之前就说过,他并不想上台汇报,所以第二天晚上罗杰邀请他上台汇报时,他看起来非常局促,用近乎乞求的眼神看着场上的各位,可惜大家丝毫不为所动。在众人看来,此刻的区特威克先生就像一个愚蠢的老妇。

区特威克先生紧张地清了几次嗓子,然后终于鼓足勇气开始发言。

"尊敬的主席先生,先生们、女士们,我很清楚各位心里是怎么想的,但我还是想请求你们的谅解。你们一定觉得我刚愎自用,但我还是要说,虽然达默斯小姐的推演极具说服力,证据也翔实,但我们之前不也听了很多言之有理的推论,看了许多貌似确凿的证据吗?所以有没有可能达默斯小姐的理论也并不像你们乍听之下那么站得住脚呢?"终于克服心理障碍的区特威克先生连珠炮似的说了一堆后,却忘了自己精心准备的下一句台词。

于是他话锋一转，继续说道："接到这个任务，我既感到荣幸之至，又备感责任重大。作为最后一个发言的人，我擅作主张总结了大家前面的汇报，我想大家一定不会介意吧？从汇总的结果来看，大家无论是在破案方法还是最终结论上都不尽相同。为了避免浪费时间重述一遍，我特意准备了一张表格，其中清楚地对比了各位不同的推论、类比的旧例，以及所推演出来的犯罪嫌疑人。各位可以传阅一下。"

犹豫再三，区特威克先生才将精心制作的表格拿了出来，递给了右手边的布拉德利先生。布拉德利先生礼貌地接过这张表，甚至屈尊将其摆放在自己与达默斯小姐之间，以便两人一同查阅。受到如此礼遇的区特威克先生自是喜不自胜。

区特威克先生的表格

解答者	动机	角度	重要依据	证明方法	相似旧案	凶手
查尔斯·怀尔德曼公爵	获利	谁将因此获利	信笺	归纳法	玛丽·拉法吉案	彭尼法瑟夫人
菲尔德·弗莱明夫人	除掉此人	找出神秘女人	隐藏的三角关系	直觉与归纳法	莫利诺案	查尔斯·怀尔德曼公爵
布拉德利（1）	实验	侦探小说家的实验法	硝基苯	科学演绎法	威尔森医生案	布拉德利
布拉德利（2）	嫉妒	尤斯塔斯爵士的性格	凶手的犯罪学知识	演绎法	克里斯蒂娜·埃德蒙案	不知名的女人

（续表）

解答者	动机	角度	重要依据	证明方法	相似旧案	凶手
谢林汉姆	获利	本迪克斯先生的性格	打赌	演绎法与归纳法	卡莱尔·哈利斯案	本迪克斯先生
达默斯小姐	除掉此人	所有相关人员的心理	凶手的性格	心理演绎法	约翰·特维尔案	尤斯塔斯·彭尼法瑟爵士
警方	宗教分子或社会狂徒	总体	实质物证	常规方法	霍伍德案	不知名的疯子或者狂徒

"你们可以看到,"区特威克先生脸上多了一丝自信,"在表上任何一栏都没有两个人的观点是完全一致的,大家在观点和破案方法上的分歧真是天差地别。尽管存在如此大的分歧,每一位成员都对自己的推论很有信心,坚信自己的推论就是正确的。这张表,比任何言语都能更直观地体现出眼前这桩案子的开放性,这一点恰如布拉德利先生所言。不仅如此,这张表也印证了布拉德利先生的另一个观点,那就是不管是有心还是无意,只要你想证明一件事,那就再简单不过了。"

"我想,达默斯小姐,"区特威克先生说道,"可能会觉得这张表很有趣吧。我并不是心理学专业的学生,但我看到这张表时感觉很惊讶,因为每位成员的推演结论都真切地反映了他们的思维方式和性格特征。就拿查尔斯先生为例,他的专业素养让他自然而然地看重证据。如果我说他看问题的角度其实是非常功利化的，我想他应该不会介意，因为他就是从'谁将因此获利'角度出发来思考整个案子的，与此同时，信笺这个物证也构成了他推论中的重要一环。与查尔斯先生完全相反的是，达默斯小姐几乎完全从心理学的角度来分析本案，所以她不自觉地将凶手的个性特征当作了推论重心。

"而其他成员，基本就处于这两者之间，只是在心理证据和物质证据上侧重的比例不同。然后就是大家在还原案件、找出凶手时所采用的方法也颇为不同，有些人几乎完全运用归纳法，有些人完全仰赖演绎法，也有些人则是两种方法融合并用，比如谢林汉姆先生就是这样。总而言之，主席给我们的任务让我们在侦查方法的比较上获益良多。"

区特威克先生清了清嗓子，紧张地笑了笑，继续说道："其实我应该还要再做一张表，那张表应该和这张表一样，也能说明很多问题。在那张表中，我想记录不同成员面对案件中毫无异议的事实时所得出的迥异推断。我想，作为侦探小说家的布拉德利先生应该会对那张表格外感兴趣。"

"因为我发现在这种书中，"区特威克先生赶忙向侦探小说家群体道歉，"往往都会预设一个事实只有一个推论，而且这个推论必定就是正确的推论。除了作者偏爱的侦探，再也没有任何人可以从这个事实中得出推论来，而他的推论无疑也是正确的（在这些书中其实也只有很少一部分侦探能够做出推论）。达默斯小姐有天晚上也提到了类似的观点，当时她是用两瓶墨水举的例子。

"而在此案中,梅森公司的信笺就是这样的例子。仅从一张信笺中,大家就得出了下面完全不同的推断:

1. 凶手是梅森公司的员工或前员工。
2. 凶手是梅森公司的顾客。
3. 凶手是印刷从业人员或有机会接触印刷出版行业之人。
4. 凶手是一名为梅森公司做法律顾问的律师。
5. 凶手是梅森公司前员工的亲戚。
6. 凶手是去过韦伯斯特印刷厂的潜在客户。

"当然,从那张信笺中还可以得出其他很多推断,比如凶手偶然得到了这张信笺,这就表明了整个案件是以此为基础设计的作案手法。现在,我想请大家关注的是凶手的身份问题,上面就提到了六种推断,实际上不限于此,如果你仔细看,就会发现上面的六种推断彼此是矛盾的。"

"区特威克先生,我会专门为你写一本书。"布拉德利先生承诺道,"在这本书中,针对每个事实,侦探都会推出六种彼此矛盾的推断,最后的结局很可能是他逮捕了七十二个嫌犯后却自杀身亡,因为他发现推来算去结果真正的凶手只能是他自己,我要将这本书献给你。"

"那太好了,"区特威克先生笑了笑,"说真的,这与我们现在面临的情况差不多。比如,刚刚我只让大家关注信笺一事,事实上,除此之外还有毒药、打字机、邮戳以及毒药的精准剂量——还有这么多事实,而每一个事实都可以做出不少于六种推断。

"事实上，"区特威克先生总结道，"不同的成员为了证明自己不同于他人的结论，就会得出不同的推断。"

"我又考虑了一下，"布拉德利先生下定决心似的说道，"我将来的小说还是不要有任何推断好了，这样我写起来也容易多了。"

"所以上面就是我对这些日子听到的各种推断的简单评价了，"区特威克先生继续说道，"还请在座的各位多多包涵，接下来我要向大家解释一下，为什么我昨晚会那么迫切地要求谢林汉姆先生不要那么急着去找警方。"

五张脸不约而同地认真起来，静静地等待区特威克先生的解释。

而区特威克先生似乎意识到了这些面庞后的想法，因为他的动作明显变得慌乱起来。

"首先我想简单地说下针对尤斯塔斯爵士的案子，达默斯小姐昨晚向我们证明了他就是凶手。我并非有意贬低达默斯小姐的推论，我只是必须指出，她认定尤斯塔斯爵士是凶手的两大理由在我看来是这样的：首先，她先入为主地认定尤斯塔斯爵士就是凶手，然后她认为尤斯塔斯爵士与本迪克斯夫人之间存在奸情，所以尤斯塔斯爵士就有理由将其除掉而后快——如果（且只有这种情况下）达默斯小姐对于他们奸情的进展推断正确的话。"

"但是打字机你如何解释，区特威克先生！"为了维护女性阵营，菲尔德·弗莱明夫人几乎喊了出来。

区特威克先生说道："是的，我正要说打字机的事。在我说这个之前，我想先说说达默斯小姐提出的另外两个证据，这两个都是达默斯小姐证明尤斯塔斯爵士就是凶手的重要物证，而不是心理层面的证据。其中之一就是尤斯塔斯爵士喜欢购买梅森公司的酒心巧克力送给情人，这点在我看来没什么意义。要是任何喜欢购买梅森公司酒心巧克力的人都值得怀疑，那整个伦敦就到处都是嫌疑人了。而且，就算尤斯塔斯爵士是一个没有创新头脑的凶手，也不会傻到在挑选下毒媒介时连最基本的谨慎都忘了吧，至少不会挑这种让人一看就想到他的东西吧。恕我直言，尤斯塔斯爵士绝不至于像达默斯小姐说的那般愚蠢。

"第二点就是达默斯小姐认为韦伯斯特印刷厂的女孩应该是从照片认出了尤斯塔斯爵士。如果达默斯小姐不介意我这么说的话，我想说这点也没那么重要。"区特威克先生骄傲地说道（这样也算得上真正的侦探了），"我已经查明尤斯塔斯爵士是在韦伯斯特印刷厂购买的信笺，而且他这么干已经有好几年了。大约一个月前，他来到这个印刷厂订购新的信笺，你要知道他可是准爵士，要是为他服务的女孩不认识他，那才令人奇怪呢，所以你说她认出了尤斯塔斯爵士，这根本就没有任何意义。"区特威克先生坚定地说道。

"然后，除了打字机，或许还有那些犯罪学相关的书籍，达默斯小姐就再也找不到实质的证据来证明自己的观点了。至于那个蹩脚的不在场证明，恐怕也是无关紧要的东西。我并不想任意胡言，有失公正，"区特威克先生小心翼翼地说道，"如果我说打字机是达默斯小姐指控尤斯塔斯爵士的唯一证据，或者说她的指控全是建立在打字机这唯一的证据上的,这话应该没有问题吧。"说完,他紧张地环顾了一圈众人,看看是否有人提出异议。

很快就有人站出来反对,"但是你不能就这样把我们糊弄过去吧?"菲尔德·弗莱明夫人不耐烦地叫道。

区特威克先生的神情有些难过:"'糊弄'?你这么说合适吗?我并不是有意对达默斯小姐的推论挑刺取乐,这一点你们必须相信我。我是抱着将真正的凶手绳之以法的想法来阐述观点的,我内心就只有这个想法,关于打字机的事,我稍后一定会给人家一个解释,因为这个证据恰好证明了尤斯塔斯爵士是无辜的。"

菲尔德·弗莱明夫人明显是在含沙射影地说他在浪费大家的时间,这让区特威克先生很是不爽。

于是罗杰友善地对他说道:"你可以吗?"他的语气很温柔,就好像一位父亲在鼓励自己的女儿画一头牛,而这牛虽不像牛,也绝不像其他任何动物,"区特威克先生,这真是太有趣了,那你打算如何解释呢?"

面对如此善意,区特威克先生骄傲地回答道:"天哪!你真的看不出来吗?真的没人看出来吗?"

似乎没人看得出来。

"从一开始我就看到了这种可能性,"区特威克先生像一个获胜者一般得意扬扬地说道,"好吧,好吧!"他抬手扶了扶鼻梁上的眼镜,看了一圈场上的众人,圆圆的脸上散发出红色的光芒。

"所以,你的解释到底是什么,区特威克先生?"看着区特威克先生似乎就要这么一直傻笑下去，达默斯小姐实在忍不下去了，于是开口质问道。

"噢、噢！没错，这么说好了，关于凶手的能力，达默斯小姐和谢林汉姆先生都给出了自己的评价，其实达默斯小姐错了，而谢林汉姆先生是对的，这是为什么呢？事实上，这场命案背后是由一个绝顶聪明的大脑在操控着（达默斯小姐试图反向证明，恐怕这又是另一个特殊辩护的案子了）。而体现凶手聪明的一点就是他对证据的巧妙安排，在这些证据的指引下，如果有人被怀疑是凶手，那他就一定是尤斯塔斯爵士了。总之，关于打字机和犯罪学相关书籍这两件证物，用专业的话来说，就是妥妥的'栽赃陷害'。"说完，区特威克先生又露出了得意的笑容。

原本大家还以为他只是个哗众取宠的傻瓜，没想到转瞬间大家对他的感觉就出现了明显的变化，全都直起身子认真听他讲话。看来这个男人的确有话要讲，昨晚不合时宜的恳求背后，的确有自己的想法要表达。

布拉德利先生立即见风使舵，一改之前高高在上的态度，"我想说，干得真漂亮，区特威克！只是，你可以证明给我们看吗？"

"当然没问题。"区特威克先生说道，众人欣赏的目光让他仿佛沐浴在温暖的阳光下。

"接下来，你是不是要告诉我们你知道谁是凶手？"罗杰笑道。

区特威克先生回笑一句："我当然知道。"

"什么?!"五个人异口同声叫了出来。

"没错,我知道是谁干的。"区特威克先生谦虚地说道,"其实这个问题的答案是你们告诉我的。作为最后一个发言的人,我的任务其实很简单,我只需要将你们的结论稍作分析,分辨出真假对错即可。而现在,真相已经浮出水面了。"

场上众人皆是一头雾水,为何告诉了区特威克先生真相,自己却一无所知呢?

区特威克先生的面色沉静下来:"或许我现在应该坦白,当我们的主席刚跟我们布置任务的时候,我整个人都是蒙的,因为我完全没有侦探的经验,一时间我就像一只无头苍蝇一般,完全不知道该从哪里着手。我对整个案子毫无头绪,甚至连查案的切入点都找不到。一周的时间很快就过去了,我始终原地踏步,毫无进展。等到查尔斯先生汇报的那天晚上,我一下子就被他说服了,可第二天晚上菲尔德·弗莱明夫人做报告的时候,我又觉得她说得十分在理。

"不过,布拉德利先生说自己是凶手的时候,我并不相信,要是他指控的是其他人我或许还会信。"区特威克先生勇敢地说道,"有一说一,他的弃妇理论还是有道理的,这也是我之前唯一有过的想法,那就是这场犯罪一定是尤斯塔斯爵士——嗯——某个被抛弃的情妇干的。"

"可是,第二天晚上谢林汉姆先生的汇报又让我的内心产生了动摇,我开始相信本迪克斯先生绝对就是凶手。然而,就在昨晚达默斯小姐汇报的时候,我终于发现了真相。"

"这么说，我是唯一一个没有让你信服的喽，区特威克先生？"达默斯小姐笑着说。

"恐怕是这样的。"区特威克先生表示抱歉。

他沉思了一会儿，然后喃喃自语起来。

"真的是太震撼、太不可思议了，几乎每个人都差点要揭开此案的真相了。可以说，每个人至少都提出了一个重要事实或者至少给出了一个重要的正确推断。我每天晚上一回家就将大家的论点论据都记下来，而且每天更新，就这样我完整记录了所有成员的调查研究成果，我发现大家的观点如此大相径庭，不由得感叹各位的脑子真的比我聪明太多。"

"没有，没有。"布拉德利先生低声说道。

"昨晚我很晚才睡，翻来覆去仔细钻研这些笔记，并将其中正确和错误的信息分类。不知道大家是否有兴趣听听我在这方面的结论？"区特威克先生很不自信地问道。

众人纷纷向区特威克先生表示愿意一听高见，因为他们都想知道，自己在逼近真相的路上到底栽在了哪里。

第十八章

区特威克先生看了一眼笔记。有那么一瞬间,他显得很是苦恼。"查尔斯先生,"他开始说道,"呃——查尔斯先生……"显然,区特威克先生很难找出查尔斯公爵有哪些正确观点,可他又太善良了,不愿使人难堪,于是他灵机一动,"哦、哦,是的,查尔斯先生是第一个发现信笺上有擦拭修改痕迹的人,这是证明信件是伪造品的重要证据,这是非常非常有用的。

"另外还有一件事,查尔斯先生也是对的,那就是他提出尤斯塔斯爵士马上要离婚这件事是这场悲剧的主要推动力。"区特威克先生不得不补上一句,"尽管我认为他的推断是错的,但他认为在如此精心策划的案情中,凶手一定会想办法制造一个不在场证明,这件事也是很有道理的,事实上,这个案件中确实存在一个不好对付的不在场证明,只不过凶手并非彭尼法瑟夫人。

"至于菲尔德·弗莱明夫人,"区特威克先生继续说道,"她坚持认为凶手具有犯罪学知识这点是正确的，这是一个很聪明的推断。"区特威克先生笑了笑，"我可以确保她的这个推断是正确的。当然，她还贡献了另一条重要信息。在她讲述的案情中，这条信息极为重要，而在这场悲剧背后真正的故事中，这条信息的重要性亦是不遑多让。具体来说，就是尤斯塔斯爵士并不爱怀尔德曼小姐，他只是想通过与其联姻获得她的财产。如果不是这样的话，"区特威克先生边说边摇头，"我还真担心死的恐怕……恐怕就不是本迪克斯夫人，而是怀尔德曼小姐了。"

"我的天哪！"查尔斯公爵忍不住喃喃低语。对区特威克先生而言，查尔斯公爵听到这个令人震惊的消息后没有质疑而是接受了，这属实是对自己最大的认可。

"这不就定案了，"布拉德利先生对菲尔德·弗莱明夫人小声说道，"此案就是弃妇所为。"

区特威克先生转向他，"至于你，布拉德利先生，你知道你离真相多近吗？你真是太棒了！"区特威克先生忍不住赞叹道，"即便是在你指控自己为凶手的第一个推论中，你也有很多结论是正确的，比如你从硝基苯切入得出的那些结论，以及你认为凶手一定是个心灵手巧、做事有条不紊且富有创意之人，甚至是当时听起来略显牵强的结论，比如凶手的书架上一定有一本泰勒的书这种，其实都是正确的。

"除了第六条让人感觉好像凶手不允许有不在场证明，第七条和第八条关于欧尼斯钢笔和哈菲尔德墨水的部分不一定是真的，还有第四条要改成'一定有机会秘密获得一张梅森公司的信笺'外，你列出来的凶手的其他特征都是正确的。而在刚刚提到的几点中，谢林汉姆先生的推断明显精准得多，凶手很可能是偷偷借来的钢笔和墨水，实际情况的确就是如此，至于那台打字机，自然也不是凶手自己的。

"至于你的第二个推论——实在是……"区特威克先生似乎找不到合适的词来表达自己对布拉德利先生第二个推论的钦佩之情，"你真的是差一点就揭开了案情的真相。你看出这是一起女性犯罪的案件，并且从整个事件背后推断出愤怒的女性情感，不仅如此，你还大胆推测整个案子都是建立在凶手的犯罪学知识上的，不得不说，这真是一针见血啊！"

"事实上，"布拉德利先生小心地藏起喜悦之情，"除了没找到凶手，能做的我都做了。"

"噢，原来如此。"区特威克先生嘴上应承着，心里却并不赞同，话语间总感觉在说，跟布拉德利先生看穿案情的能力比起来，找出凶手简直是一件微不足道的小事。

"接下来就是谢林汉姆先生了。"

"别！"罗杰乞求道，"我就算了吧。"

"啊？可你的推论真的非常精彩啊。"区特威克先生极为诚恳地说道，"你是以一种全新的视角来看待整个事件的，是你告诉我们受害者并非被误杀的。"

"好吧，看来和大家一样，我也错了。"罗杰还是老一套，说罢看了一眼达默斯小姐。

"你没错啊。"区特威克先生立马出言纠正。

235

"哦。"罗杰很是惊讶,"那么凶手的目标就是本迪克斯夫人喽?"

区特威克先生露出困惑的神情:"难道我没跟你说过吗?估计是我表达得稀里糊涂吧。是的,说整个案子是专门针对本迪克斯夫人而设计的也没错,只是不够全面,我认为凶手真正的目标是本迪克斯夫人和尤斯塔斯爵士两个人。谢林汉姆先生,你已经很接近真相了,可惜棋差一招儿,误把嫉妒的丈夫当成了凶手,事实上真凶另有其人——一个嫉妒的情敌。说真的,你已经非常接近真相了,而且你有个观点十分正确,那就是凶手并非因为偶然得到信笺才临时起意有了作案计划,她是充分借鉴了之前的案例,精心布下了这个局。"

"我总算在某些事情上是完全正确的了。"罗杰低声说道。

"至于达默斯小姐,"区特威克先生鞠了一躬,"你是对破案最有帮助、贡献最大的。"

"尽管没有说服力是吧。"达默斯小姐淡淡地补了一句。

"尽管我并不觉得她说得很有说服力,"区特威克先生用略带歉意的口吻回应道,"但就是她最后的发言让我发现了真相。因为她也给这个案子带来了一个全新的视角,而且信息相当劲爆——哼——本迪克斯夫人与尤斯塔斯爵士的奸情,"区特威克先生说道,并再次对这个信息的提供者欠身致敬,"而这就是整个事件的源头所在。"

"那我就不明白我错在哪儿了,"达默斯小姐说道,"我还是相信我的推论是正确的。"

"或许我该提出自己的推论了。"区特威克先生有些犹豫，显然，他觉得有些仓促。

达默斯小姐不置可否，也算默许了吧。

于是区特威克先生定了定神，开口说道："对了，我忘了说了，达默斯小姐有个观点是非常正确的，那就是本迪克斯夫人与尤斯塔斯爵士的私情并不是这个案子发生的根本原因，本迪克斯夫人的性格才是，是她的性格导致她最终惨遭毒害。我可以想象得到，达默斯小姐推演的这段奸情是完全正确的，并且她对于本迪克斯夫人对此事的反应也推断得极为准确——我说的对吗？"区特威克说这话的时候显然信心不足，"只是对于尤斯塔斯爵士越发厌烦本迪克斯夫人这个推断，我个人并不赞同。

"比起对本迪克斯夫人的厌烦，我更愿意相信尤斯塔斯爵士是爱她的，愿意与她同甘共苦，共度余生。真实的情况可能与达默斯小姐想的恰好相反，尤斯塔斯爵士对本迪克斯夫人的痴恋远胜本迪克斯夫人对他的情感。

"而这，"区特威克先生宣告道，"就是整个悲剧发生的关键因素之一。"

众人都被这个关键因素吸引住了，整个犯罪研究俱乐部成员对区特威克先生的态度在此刻都发生了转变，所有人都在期待他接下来的发言。或许并没有人真的相信他能破了此案，也没有人会质疑达默斯小姐的推论，但是这个男人显然有话要说。

"达默斯小姐，"众人关注下的区特威克先生继续说道，"还有一点是对的，那就是这场凶案的灵感来源，或者说作案方法，一定是来自一本她提到过的专门记录美国下毒案件的书。达默斯小姐就有一本,(她说过)现在就放在尤斯塔斯爵士的房间里,"区特威克先生补充道,语气甚是震惊,"而且是凶手故意栽赃放在那里的。

"达默斯小姐还提到了另一个有用的事实,那就是本迪克斯先生被引诱一事(抱歉,我找不到其他合适的词了),那天早上他被引诱到彩虹俱乐部,其实并不是本迪克斯夫人在前一天下午给他打的电话。他被安排去那儿不是为了接收尤斯塔斯爵士的巧克力包裹。午餐之约被取消一事凶手也并不知情。本迪克斯先生被安排出现在那儿只是为了见证尤斯塔斯爵士收到了包裹,仅此而已。

"当然,凶手这么做的真正目的是在本迪克斯先生心中将巧克力与尤斯塔斯爵士紧紧捆绑在一起,换言之,如果怀疑有人下毒,本迪克斯先生立马就会想到巧克力是尤斯塔斯爵士的,而尤斯塔斯爵士与他妻子的私情自然也就会为他所知。我私下得知他已经知情,且因此事极为痛苦。"

"难怪他这阵子看起来如此憔悴。"罗杰感慨道。

"毫无疑问,这是一个非常邪恶的布局,"区特威克先生深表赞同,"你看,到时候尤斯塔斯爵士和本迪克斯夫人一同吃了巧克力,双双殒命,就再也无法为自己辩驳,而凶手精心布置好的证据直接指明他就是杀人凶手,杀人且自杀,一切看起来是那么天衣无缝。可惜,警方从没有怀疑过尤斯塔斯爵士(据我所知是这样的),这也就说明案情调查并不总是按照凶手预计的那样进行。在这个案子中,"区特威克先生的口吻变得严肃起来,"我认为,凶手总体而言是非常精明的。"

"如果这就是她要让本迪克斯先生出现在彩虹俱乐部的原因,"达默斯小姐言语中带着一丝讽刺的意味,"那她的精明还真是不自量力。"显然,达默斯小姐并不只是在心理层面不接受区特威克先生的推论。

"可这就是真真切切发生的事实,"区特威克先生温和地指出,"对了,说到巧克力的事,我需要补充一点,巧克力之所以会被送到尤斯塔斯爵士所在的俱乐部,不仅是为了让本迪克斯先生亲眼见证这一事实,而且,可以想象,也是为了确保尤斯塔斯爵士赴午餐之约时将其带上。凶手一定是对尤斯塔斯爵士的生活习惯了如指掌,知道他一定会在俱乐部消磨一早上,然后直接奔赴约会的地方。而且,他很有可能会带上本迪克斯夫人最爱的巧克力。

"我想,这也说明凶手习惯忽略一些重要的点,恰恰是这些点让案件最终得以被侦破。凶手完全没有考虑到午餐之约可能会被取消,不得不说,她的确是一个心思细密的凶手,"区特威克先生说这话的时候夹杂着一丝对凶手的钦佩之情,"即便如此,也难逃失败的命运。"

"那她到底是谁呢,区特威克先生?"菲尔德·弗莱明夫人直接问道。

区特威克先生脸上闪过一丝狡黠的微笑,答道:"你们每个人都是等到最后才揭开谜底,那我肯定也是一样啊。"

"现在，我想我已经厘清了案件的大部分疑点。至于使用梅森公司信笺的问题，那是因为凶手决定用巧克力作为下毒的媒介，梅森公司恰好又是韦伯斯特印刷厂的顾客中唯一生产巧克力的公司。事情偏偏就是这么巧，尤斯塔斯爵士又经常买梅森公司的巧克力送给他的——呃，朋友们，所以一切看起来都顺理成章。"

菲尔德·弗莱明夫人听得一脸困惑："就因为梅森公司是韦伯斯特印刷厂的顾客中唯一的一家巧克力公司？我不太明白。"

"唉，我表达得太差了，"区特威克先生为自己的愚钝恼火不已，"你看，这张信笺必须属于韦伯斯特印刷厂样品册上的某家公司，因为尤斯塔斯爵士的信笺就是在这家印刷厂定制的，所以一旦认定这张信笺是从样品册上窃取而来，那么立马就会有人指认尤斯塔斯爵士最近来过。事实上，达默斯小姐就是这样推断的。"

罗杰吹了声口哨："哦，我明白了！你的意思是，在信笺这件事情上，我们所有人都本末倒置了？"

"恐怕是这样的，"区特威克先生真诚地表达遗憾，"恐怕真的就是这样的。"

不知不觉中，大家的观点开始倒向了区特威克先生。至少可以说，他的推论现在已经和达默斯小姐的一样有说服力了，而且他的推论中还没有那些微妙的心理层面再现和所谓的"价值观"。现在场上只有达默斯小姐仍旧对他的推论心存怀疑，不过，这也完全是意料之中的事。

"哼！"达默斯小姐怀疑地哼了一声。

"那动机呢？区特威克先生，凶手的作案动机是什么？"查尔斯公爵点了点头，一脸严肃，"你说的是嫉妒吗？我想你没有说得很清楚，对吗？"

"是的，动机，"区特威克先生脸瞬间涨得通红，"天哪，我从一开始就想说清楚这件事来着，唉，我的表达能力还是太差了。不，不是嫉妒，我更愿意说这是因爱生恨的报复，或者站在尤斯塔斯爵士的角度来看是报复，站在本迪克斯夫人的角度来看又是嫉妒。从我的理解来看，这位女士——天哪，"区特威克先生说的时候很是苦恼和尴尬，"这是一块很敏感的区域，但我今天不得不擅入雷区了，好吧——尽管她很谨慎地瞒过了她的朋友们，但这位女士还是不可救药地爱上了尤斯塔斯爵士，并且还成为他的——他的——"区特威克先生终于鼓足勇气说了出来，"他的情妇，而且这件事已经发生很久了。"

"尤斯塔斯爵士也很爱她，尽管他依旧到处拈花惹草，但两人彼此心照不宣，只要尤斯塔斯爵士对其他人是逢场作戏，那两人就都无所谓。我想说，这位女士的思想真的非常现代、非常开放。不用说，只要尤斯塔斯爵士成功说服妻子（对于他的风流成性，妻子早已置若罔闻）与自己离婚，他就会娶她。当尤斯塔斯爵士开始筹备这件事情的时候，他发现自己的经济状况出现了严重的问题，于他而言，眼下最要紧的事便是先通过联姻解决财务危机。

"那位女士自然是非常失望，当她得知尤斯塔斯爵士压根儿就不在乎这桩婚事，他根本就不爱怀尔德曼小姐，他图的不过是对方的财产的时候，她便无奈地接受了这一安排。因为了解尤斯塔斯爵士的处境，她并没有怨恨怀尔德曼小姐的介入——在她看来，这个女人根本无足轻重。"区特威克先生觉得自己有必要说得更清楚些，"对于自己与尤斯塔斯爵士之间最初的约定，她依然深信不疑，她相信自己仍旧拥有尤斯塔斯爵士的爱，有了这份爱，自己也就满足了。

"但是接下来发生的事完全出乎她的意料。尤斯塔斯爵士不仅无情地抛弃了她，而且迅速移情别恋，爱上了本迪克斯夫人，并将其发展成自己的情妇。这事就是最近发生的，从他向怀尔德曼小姐大献殷勤开始。至于这场凶杀案的最后结果，不管死的是本迪克斯夫人还是尤斯塔斯爵士，我想达默斯小姐都已经向我们做了如实描述。

"那么，接下来你们就可以看清这位'弃妇'面临的情势：尤斯塔斯爵士正与原配妻子办理离婚，娶那位无足轻重的怀尔德曼小姐已经是不可能的事了，但是娶本迪克斯夫人，这个女人本来就饱受良心折磨，而且认为与丈夫离婚然后再嫁尤斯塔斯爵士是解决问题的唯一办法——本迪克斯夫人不仅是尤斯塔斯爵士的真爱，而且单从经济方面来说，她也比怀尔德曼小姐更有实力，所以尤斯塔斯爵士与她结婚似乎成了无法阻止的定局。和各位一样，我也不喜欢引用老生常谈的话，但现在的确就是这么回事，惹谁都别惹被抛弃的——"

"你这么说有什么证据吗，区特威克先生？"区特威克先生引用的话还没说完，达默斯小姐就打断了他。

区特威克先生被这突然的提问吓到了，"我，我有的。"他有些犹疑地答道。

"我对此表示怀疑。"达默斯小姐直接评价道。

达默斯小姐怀疑的目光让区特威克先生感到有些不自在，但他还是继续解释道："我最近还特意下了点功夫去结识尤斯塔斯爵士……"说这话的时候，区特威克先生的声音有些颤抖，好像尤斯塔斯爵士根本就不是他想认识的人，"根据尤斯塔斯爵士无意中透露给我的一些信息……我是说，我今天与他一起吃午餐的时候拐弯抹角地问了他，我故意告诉他我已经确定凶手的身份了，然后他在无意中就透露了一些事情——"

"我很怀疑。"达默斯小姐再次粗鲁地打断了。

区特威克先生看起来有些不知所措。

罗杰立马出面解围："暂且不提证据的事，区特威克先生，假设你的推论全凭想象，你刚刚是不是说尤斯塔斯爵士与本迪克斯夫人的婚事已经是无法阻止的了？"

"是的，没错，"区特威克先生答道，眼神中满是对罗杰的感激之情，仿佛他就是救世主，"接下来，这位'弃妇'便下定决心除掉二人，并且制订了周密的计划。我想，我已经将案情解释得很清楚了。她本就可以自由出入尤斯塔斯爵士的房间，于是她趁其外出的时候偷偷潜了进去，然后使用他的打字机打出了那封信。不仅如此，她还善于模仿，对她来说，模仿德勒梅小姐的声音给本迪克斯先生打个电话，实在是轻而易举的事情。"

"区特威克先生,我们当中有人认识这个女人吗?"菲尔德·弗莱明夫人突然问道。

区特威克瞬间变得极为尴尬,支支吾吾地说道:"呃,有的,你一定还记得达默斯小姐说过有人把她的书偷偷拿到了尤斯塔斯爵士的房间,对吧?"

"看来我以后要对朋友们多留些心眼了。"达默斯小姐说道,言语中有些挖苦的味道。

"尤斯塔斯爵士的前情妇?"罗杰在一旁喃喃自语,脑子里迅速检索了一遍尤斯塔斯爵士的情妇名单。

"是的,"区特威克先生表示赞同,"但是此事没人知道——天哪,这事真的是太难了。"区特威克先生用手帕擦了擦额头的汗,面色看起来极为不悦。

"她刻意隐瞒了此事?"罗杰继续追问。

"呃,是的,她非常聪明地隐瞒了自己与尤斯塔斯爵士之间的事。我想,任何人都不会怀疑到她。"

"他们是不是都装作互不相识?"菲尔德·弗莱明夫人接着问道,"就没人看到他们走在一起吗?"

"噢,有段时间他们是在一起的,"区特威克先生说道,然后用几乎搜索的眼光看向众人,"而且见面相当频繁。我想,可能是为了避免落人口实,他们便假装吵架闹掰了,然后只是私下见面。"

"你难道还不想告诉我们这个女人的名字吗,区特威克先生?"查尔斯公爵掷地有声地说道,听起来就像一个正在审判的法官。

众人暴风骤雨般的追问吓得区特威克先生只想躲，"你们知道的，就很奇怪，杀人凶手好像总是喜欢画蛇添足，不是吗？"说话间，他的气都有些喘不匀了，"这种事情经常发生。我敢说，要是凶手不画蛇添足，按照她原本令人叹为观止的作案计划，我根本发现不了事情的真相。她偏偏不满足，想要将杀害本迪克斯夫人的罪名嫁祸在男方身上……真的，从她在案件中展现的智慧来看，她应该不会做出如此糊涂的事。既然她的计划出现了失误，应该说只成功了一半，为何就不能接受失败的另一半呢？为什么偏要去挑战天意呢？逆天而行终归是要惹上麻烦的——"

说到这里，区特威克先生看起来极为苦恼。他紧张地翻阅着笔记，整个人在座位上坐立难安。他不断地看向场上的众人，仿佛在寻找着什么。他的眼神近乎恳求，只是没人知道他在求什么。

"天哪，"区特威克无奈地说道，仿佛自己已经无能为力，"这真的是太难了。我还是先将剩余的要点澄清了吧，就是关于凶手的不在场证明。"

"在我看来，凶手的不在场证明是计划制定后临时加的，全赖运气而成。南安普敦街离西索酒店和萨佛伊酒店都很近，不是吗？而我恰好知道这位女士有一个朋友，女性朋友，性格与一般传统的女子有些不同，总是喜欢外出探险，而且常常是只身一人前往。她在伦敦停留的时间从没超过两天，我想她也是那种很少读报纸看新闻的女人，而且就算她读报的话，我想她也一定不会怀疑对方,尤其对方还是她的好朋友。

"我已经查证过了,就在命案发生前,这位名叫简·哈丁的女士在萨佛伊酒店住了两晚,而就在她离开的那天早上,巧克力被送到了彩虹俱乐部。这位女士离开伦敦去了非洲,接着再从非洲前往南美洲,至于她现在在哪儿我就无从得知了,我想其他人也无从知晓。我知道,她是从巴黎来到伦敦的,她在巴黎待了整整一周。

"凶手可能是知道她要来伦敦,所以匆忙赶到巴黎('不好意思啊,我这里有很多都是猜测。'区特威克先生不安地向众人道歉),然后要这位女性朋友帮她代为投递包裹,这是一件很简单的事情,凶手只需给出直接从法国寄过去邮资太贵的理由就行。同样,想要确保包裹在尤斯塔斯爵士与本迪克斯夫人共赴午餐之约的那天早上准时送到也很简单,只需告诉友人这是一份生日礼物或者给出其他什么借口即可,请她务必在那一天将包裹准时送到。"区特威克先生再度擦了擦额头的汗,然后可怜兮兮地看了一眼罗杰,而罗杰也只能不知所措地回望他。

"天哪,"区特威克先生不安地喃喃低语,"这真的真的太难了——好吧,我确信——"

艾丽西亚·达默斯小姐站起身来,不紧不慢地收拾起自己的东西,"我还有事,"她说道,"我可以先走一步吗,主席先生?"

"当然。"罗杰有些惊讶地说道。

走到门边的时候,达默斯小姐转过身来,"区特威克先生,很抱歉没能听完你全部的推论。你知道的,我说过,我很怀疑你有办法证实你说的一切。"

说完，她便径直离开了房间。

"她说的没错，"区特威克先生呆呆地望着她离去的背影，小声地说道，"我很清楚自己无法证实此事，但我相信我的推论中毫无疑点，半点令人怀疑的地方都没有。"

众人都呆住了，场上一片寂静。

"你——你该不会是说……"菲尔德·弗莱明夫人激动得声音都变得尖锐起来。

布拉德利先生率先回过神来，"所以，我们当中总算出现了一位犯罪学实践者，"他拖着长调慢吞吞地说道，只是一点没有了之前装腔作势的味道，"这真是太有趣了！"

场上再度陷入沉寂。

"那么，现在，"主席无助地问道，"我们到底该怎么办？"

可惜，没人能给他答案。